依据国家教育部和中央电视台

联合主办的《开学第一课》活动

·········· "我的梦，中国梦" 主题拓展原创版 ··········

静听年华在歌唱

中央电视台《开学第一课》编写组 编

时代文艺出版社

图书在版编目（CIP）数据

静听年华在歌唱 ／ 中央电视台《开学第一课》编写组编.—2版.
—长春：时代文艺出版社，2016.1（2023.7重印）

（开学第一课）

ISBN 978-7-5387-4931-1

I.①静… II.①中… III.①中国文学—当代文学—作品综合集 IV.①I217.1

中国版本图书馆CIP数据核字（2015）第257177号

出 品 人　陈　琛
责任编辑　徐　薇
装帧设计　孙　利
排版制作　隋淑凤

静听年华在歌唱

中央电视台《开学第一课》编写组 编

出版发行／时代文艺出版社
地址／长春市福祉大路5788号　龙腾国际大厦A座15层　邮编／130118
总编办／0431-81629751　发行部／0431-81629755
官方微博／weibo.com／tlapress　天猫旗舰店／sdwycbsgf.tmall.com
印刷／北京市一鑫印务有限公司
开本／710mm×1000mm　1／16　字数／120千字　印张／12
版次／2016年1月第2版　印次／2023年7月第3次印刷　定价／36.00元

图书如有印装错误　请寄回印厂调换

《开学第一课》编委会

编委会主任：韩　青　许文广

主　编：许文广

副主编：卢小波

编　委：张雪梅　骆幼伟　张　燕　吴继红

　　　　刘翠玲　柏建华　孙硕夫　高　亮

　　　　夏野虹　钟　平　宋怡明　孟广丽

　　　　邓淑杰　李天卿　曾艳纯　郜玉乐

　　　　孟　婧

《开学第一课》的价值

有人问我，《开学第一课》的价值体现在什么地方？我认为最重要的就是全社会希望并通过我们传递出来的价值观。多元是时代进步的标志，我们尊重不同的声音和价值理念，但是作为教育部和中央电视台联手举办的一项公益活动，我们要传递的是主流的、与时俱进又符合中华文明传统的价值观。

在2008年，我们通过《开学第一课》传递了抗震精神和奥运精神；2009年正值新中国60周年华诞，我们在象征着民族精神的长城，为孩子们播撒下爱的种子；2010年，我们告诉孩子们，一个拥有梦想的民族，一个不断仰望星空的民族，就是拥有未来的民族，人生的每一个阶段都需要梦想的指引、坚持和探索，而每个人的梦想汇集起来就可能成为国家的梦想、民族的梦想。

举办《开学第一课》三年来，我个人也有一个梦想，我梦想这项目光远大、朝气蓬勃的公益活动能够坚持举办十年，让它给这一代孩子的成长提供正面的、积极向上的力量，这就是《开学第一课》的意义所在。

我希望全社会的力量汇集起来，给孩子们一种价值观的教育，中央电视台愿意承担使命，连同教育部把这项公益活动做好。我们也欢迎全社会各界积极参与、支持，从出版、纸媒、网络、志愿行动、慈善事业等各个方面，加入到这个追逐共同梦想、打造恒久价值的公益活动中来。

由此，我亦十分高兴地看到《开学第一课》系列丛书的出版，我相信时代文艺出版社正是基于我们共同的理想，以出版的力量为孩子们的未来创造了更丰富的阅读食粮，为《开学第一课》的精神理念提供了更多样的传递方式。

中央电视台 许文广

目 录

001

第三部分 梦不落

第四部分　涩年华

第五部分　手中沙

第六部分　心头绪

第一部分

爱珍贵

　　我不想说几十年如一日，因为我相信我能让你的每一天都不一样，也许不能每一天都是快乐的，但是每一天都能让你看见我的成长。直到有一天，你发现，哈，我已经不再需要你操心了。

——程雪怡《谁的幸福》

爱的另一种形式

缘分草

在艰苦的岁月里，有爱撑着我走过……

一

家庭贫困，住在偏远的小山村，这样的孩子通常渴望着富有。而我就是这样的小孩。

2008年"金融海啸"爆发，家里唯一的顶梁柱倒下——父亲失业了。这对我那本来不富裕的家庭来说，简直是雪上加霜。

2009年，弟弟参加升高中考试，而我也升上高二。我读的是重点高中，那个暑假，我接到通知要回校补课。我跟妈妈商量了一下，她说："以倩，你是家里的希望，又是读书的料，你就去吧！钱就不用担心了，我会想办法，你要好好读……"我看着她不再年轻的面容，难过地点点头。这又将意味着整个暑假，母亲将不能舒服地在家休息了，尽管她才刚刚收割完大片庄稼。"为什么我要这么穷？为什么上天要让我妈妈挨苦挨累？"我自言自语着，心里充满了悲伤。

二

一天放学后，我和几个同学走在回家的路上，忽然，一个女同学尖叫起来："啊！你们看，那边有个挺帅气的工人哩，好年轻的……"我顺着她手指指着的方向，看了过去。工地离我们不远，我清楚地看到一个高高瘦瘦的少年正搬着砖块，他干得十分吃力。他正背对着我，那个背影好熟悉……

当他转过身擦汗的时候，我几乎要晕倒。那不是以刚吗？他那个笨蛋在干什么！我气得直冲过去，夺过他手中的砖块，狠狠地摔在地上。"以刚，你这笨蛋，你在干什么？"我竭尽全力向他吼道，"跟我回家！"我拉着他要走。"姐，你等等，让我跟工头说一声。"他跑着去了，背后那大块的汗渍在阳光下特别醒目，看得我的心又痛又恨！

三

回家后，我把这件事告诉妈妈，原以为她会骂上以刚几句。谁料，妈妈很平静。她说："以倩，你弟弟闲在家又没事干，干些体力活可以减轻家里的负担……你就别怪他了。""没事干？他闲着不可以复习功课吗？非要到那儿去碍眼？再说，大热天的以刚要是有个啥怎么办？"以刚听后，拉拉我的手臂，说："姐，没事的。最多我以后不在外头工作，干最里面的，你的同学就不会看到我了……""你住嘴！"我立马打断他的话，"我不许你再在那儿出现。同学看了，也就算了，我就怕你出事……而且我跟你说了多少遍，高中的课程不好学，你要抓紧时间预习才行。"我说的是事实，我承认自己怕以刚会丢我的脸，可更多的，是出于对他的关心。"姐，我……不读了。"他突然低下头。"什么？"我近乎疯了，"你不读了？你不知道你这是在毁自己的前途吗？不行，你必须读！"我的话停下后，屋里一片寂静，我只听到妈妈的轻声啜泣。"姐，老师早上打电话给我，说我差几分没考上……"以刚把头低得几乎贴到胸口，他的眼里开始闪着泪光。我的心很痛，我想到以刚以后只能像下午那样干些体力活，什么前途也没有了。好一会儿，我才平静下来，轻声说："你爱怎么办就怎么办吧！路是你自己选的。"我转过身，不想让他们看到我的泪——它们很不争气地流下了。

四

从此，以刚在工地打工。妈妈有时也会托他带点东西给我，可他总是怯怯的，不敢进我的学校，就站在门口等我。远远看去，他又高又瘦，那身白T恤早被灰尘染成其他颜色。他头上顶着一个安全帽，与他很不配。阳光下，他宛如失落而彷徨的小孩，他只等着而不敢离开。那个眼神，那个背影瞬间定格在我脑海，让我心痛不已。

连续许多天过去了，我始终觉得以刚和妈妈有事情不愿意跟我说，或许又是为了钱吧。他们的眼神在看我的时候都很柔和，只是清一色的心事重重。我知道他们都在努力工作，为我上高二筹学费。每每想到这儿，以刚在工地忙碌的身影和站在校门口时的彷徨眼神总会浮现在我眼前。我真的不能原谅自己！我是姐姐，却要弟弟默默地承担这一切！

五

那天，我把课本落在家里，所以从学校回来取书。我回到家里，发现厅里没有人，再经过妈妈的房间时，听到以刚和妈妈在说话，门半掩着。

"妈，你就让姐读吧，我不想读了，她比我聪明多了……再说，我可以打工赚钱，姐的学费就有个着落，您也不用那么辛苦。""可妈怕你辛苦呀！以刚，听妈的话，你去读吧！我跟你爸想办法，我们一定会想到办法的……"我似乎明白了，妈妈想让以刚念高中，虽然不是重点的，但总比去外面打工好啊。毕竟以刚还小，不应该早早地就辍学打工。我很高兴，推开门走了进去："妈，您就让以刚读吧！最多我和班主任说一下情况，她会帮我减去一半学费的……"显然，他们对我的出现十分惊讶，一时没反应过来。突然，我瞥见了以刚手中那红色的东西，我一下子把它夺过来。那张鲜红的、和我去年暑假收到的一模一样的通知书映入眼帘，上面印着弟弟的名字！我的视线开始模糊了……

原来，这些天里，以刚一直在工地工作，是要赚钱供我读书，自己却放弃了读重点高中。他将这个宝贵的机会留给平时对他很严格而他却爱着的姐姐！我终于忍不住放声大哭起来："你为什么要骗我？为什么说没考上？"以刚连忙安慰我："姐，你别哭，我怕你知道了难过，才撒的谎，你原谅我好不好？"这个笨蛋，我怎么会怪你呢？我惭愧内疚还来不及啊！我拉着妈妈的手，说："妈，我不读了，你让以刚读吧！我不读了……"早已哭成泪人的妈妈听了，一把将我和以刚搂在怀里，嘴里喃喃道："都读，都去读！妈就是卖了房子也让你们去读！你们要有出息，让妈高兴呀……"我和以刚都不住地点头。

　　我的家里很穷，连房子都特别残旧矮小。可是，在爱的世界里，妈妈和以刚给了我最豪华最美丽最温暖的港湾，是钱不能买到的。再大的风，再大的雨，只要躲在港湾里，我就无所畏惧。现在，我才明白其实我并不穷——爱就是最珍贵的财富。

轻轻转身，发现爱

张小珠

　　一天晚上，室友的母亲来看她。又不是我的母亲，我所期盼的又一次破碎。阿姨经常来看她的宝贝女儿，而且每次都带来许多好吃的。

　　今天刚好"三人帮"都在宿舍，我们一下子融入了欢声笑语中。阿姨是个直率的人，她认识我母亲，因为她们在一个市场做小生意。"妈妈应该不会这样吧，她永远也不会这样做的。"笑语中掺杂着自己的一阵冷笑。

　　"珠呀，我去摆摊的时候常常遇到你母亲，我们经常一起摆摊。"阿姨大声地说。"是吗，我妈经常去卖菜吗？"坐在桌旁的我回头问道。"何止是卖菜呀，还有地瓜呢。我买过你妈的地瓜，虽然表皮粗糙但肉质鲜美。"阿姨喘着大气说。"是呀，我妈很喜欢种……"没等我说完就被打断了，"她每次都很早就到市场了，我去的时候她都快卖完要回家了呢。""她很……"又一次被打断，"不过，她是不是腿脚不怎么好，我看她走路不太稳。"我惊讶地看着阿姨，"脚上有伤吗？不是吧，妈本来就是这样的，走路像有三脚，又不看前方。就像刚学走路的孩子摇摆不定。"说着我不知怎么了，有点哽咽，心里有一种液体往上涌滚。脑海中满是漆黑夜里行走着的蹒跚背影。泪水终于不听使唤地喷涌而出。我马上转头扎进课本。

　　"妈，你别说了，害得……"没等室友说完，阿姨说："没什么的，她的妈妈每年每日都是这样的，珠应该知道的。"我连忙擦去泪水回头说："是，我知道的。""你妈真的很省，连一瓶3块钱的花生牛奶都不舍得买……要是这边市场销售不完，她就到村里去卖。有时还从这一村奔走到另一村呢，我真佩服她空肚子还可以做到这些。"阿姨继续说着。我再也不敢回头了，头越来越沉，一种苦涩的液体再次侵入我的眼眶。顿时，眼前一片模糊，脑海中放映着一个模糊的画面：一位瘦削，走路摇曳，挑着一担绿得发亮的菜苗的女人从我眼前走过。她走过了，留下了一个孤单的身影，发亮的绿叶逃窜出几滴清晨最闪亮的露珠，那是谁？

那是您吗？母亲。那是不懂情理，不会关心我的您吗？心里反复无数次地询问着。这些我都知道吗？我知道吗？反问的海浪无数次地拍打着我的心。其实我什么也不知道。不知道母亲为了省下那几块钱常常饿着肚子在村巷中穿梭；不知道母亲为了赚多一点儿钱而舍弃休息时光大清早到市场叫卖；不知道她健壮的身躯已经不再硬朗，岁月的艰辛已经悄悄给她留下了太多的沧桑。

其实我是一个幸福的人，那晚让我真正懂得了幸福，它不需要精美的礼品，不需要显露的关心，只需要默默地付出与小小的发现。

这是我成长的第一页——发现母爱。

气质如兰

彼 岸

我习惯了不叫你妈妈，而是以平等的方式叫你兰。爸爸总是很忙，又因为在外地，所以就只有我们相依为命。你说，我们就像姐妹，不管我是叫你兰还是姐姐，你都会欣然答应。因为，你说不喜欢我们之间有太大的差距，你永远是我最最亲的人。而你总是叫我咪咪，你说女孩子要温柔点儿，咪咪是猫猫的名字，猫猫是最温顺的动物。所以你就"咪咪，咪咪"地叫着我。

后来，医院之行打破了我们的宁静。医院那刺鼻的味道实在是让我很不舒服。我讨厌医院。可是，现在我不得不来。因为，你的眼睛很不舒服。医生说："你的眼睛目前还没有类似的病例，现在还无法对症下药。我建议你去重庆，那里有专门治眼病的医生。"于是，我们当天就赶往了重庆。回来的路上，我们彼此都没有说话。耳边尽是那名医的话，"这病我也没办法。5年间要是没找到方法，你的眼睛就可能看不到了。"医生的话，把我吓得坐在地上。

回到家后，你开始一言不发，只是照常做着家务。我很害怕，以前那个兰，那个总是在我失落时对我笑，让我开心地笑的兰，会从此一蹶不振。晚上睡梦中，我梦见你对我笑，一直笑，直到哭的时候，你还是在笑。我惊醒了，我多么害怕你会这样啊。

回来第二天，你依然如此。我开始一遍一遍地叫你。可是你都不回答。于是，我就一直叫。直到，后来你终于开口了。你径直走到我的面前，一把把我抱住，说："咪咪，我没事。""我不信，兰你怎么可以自己一个人装坚强呢？你还有我啊。"我努力不让眼泪流下来，扯着嗓子喊。"可是我好怕我这种病是会遗传的，我看不见没关系，可是，你不可以。"我的眼泪再也忍不住，夺眶而出。

原来这两天你的闷闷不乐不是因为担心自己，而是担心我。"兰，不会的，不会的。以后，我是你的眼睛。以后我会好好爱护这双眼，因为它是你的。"兰，终于也哭了，我紧紧地抱着她，陪她一起哭。我开始帮着兰，做家务，开始让她学着放下她所担心的事物，休息。你要我不把这事告诉爸爸，因为，你怕他担心而影响工作。我知道，我当然也希望爸爸不用担心。而我，会代替他，好好地照顾你。

现在的我，多么想真的变成兰你所希望的猫猫。并不是因为它的温顺，而是，它有着黑暗中也能看清事物的眼睛。我多么想兰即使在黑暗中，我还是能给她带去光明。永远永远。

生命中的阳光

李 一

门外有人踱步，脚步声很烦人。我抬腕看表，刚刚上课15分钟。

"踢踏，踢踏……"已经有学生向外张望了，作为班长的我有些恼火，索性用力拉开门。

出现在我面前的是一张憨厚的农民式的脸，黝黑发红的脸庞，不太自然的笑容。我太熟悉这笑容、这眼神了，因为我的父母都是农民，农民用慈爱的眼看了一季又一季的庄稼，但凡遇到陌生点儿的人，或有求于谁时，总稍带出这种神情。

我的心顿时软了，怒火也随之烟消云散。我耐心地听她唠叨着，无非就是说一些感激的话，要我管好她的孩子之类的，末了，还说该打就打。我一再向她保证她的孩子很优秀，这位母亲羞涩地笑了。

被叫到的孩子不太情愿地走出来，脸上红红的。她并没有跟她的母亲多说什么，接过书立即转身走进了教室。做母亲的还在叮嘱："吃饱，学好，别舍不得花钱……"

环视教室一周，本来打算继续带领同学们读课文，可我看到那名女生的头几乎抵着桌面，像受了莫大的委屈。教室里不少学生交头接耳，一些目光穿过轻轻的空气，落在女孩的身上。那些目光，一定很重，很重。

我的心突然有点儿疼。我说："同学们，我想给你们讲个故事。"

所有同学都齐刷刷地看着我，目光中充满疑惑……

"有一个女孩，"我顿了顿补充说，"在她读初三的时候，成绩特别好。但出色的成绩给她拮据的家增了光，也添了愁。即使每年的学费书款并不多，女孩也从不乱花钱，她在学校的生活还是极窘迫，时常捉襟见肘。

"中考前夕，班里所有同学都买了各种复习资料，唯独她没有。起初，女孩向同桌借阅过几本。那些书真好，女孩为书中闪光的智慧着迷，好几次都忘记了吃饭。尽管女孩小心翼翼，从不将书弄脏弄皱，同桌还是用了各种理由婉拒她。还要用啦，某某借去啦，找不到啦等等，搪塞的话让女孩很尴尬。

"敏感的女孩跑到小树林里大哭了一场。刚巧，母亲来给她送馍。那时，学生上学寄宿，但学校没有食堂，每个星期三家长都会送来三天的干粮。

"她发觉身后有人时，母亲已站了好一会儿。她回头，母亲的泪正好滴落下来，在她额上碎裂。

"'妈，你别哭，我只是，只是……'女孩慌了，不知说什么好。她笨拙地去拭母亲的泪，却发现母亲的皱纹又添了好多。女孩心酸地想：我受这点儿委屈又算什么？女孩懊悔极了，眼里又泛起了泪花儿。

"'不哭不哭。'母亲轻声哄着她，好像她还是那个爱哭的小丫头。母亲什么也没问，女孩什么也没说。她们静静地坐了好久，直到要上晚自习了。

"周六照例只放半天，女孩正在想要不要回家，有同学喊她，'你妈来了。'

"女孩将信将疑地跑出去，果然是母亲，头上有麦秸。母亲一向整洁，今天怎么了？女孩急急地跑到母亲身边，母亲的笑很安详，甚至有些得意，女孩放下心来。

"母亲把自行车后座的塑料袋取下来，除去一层旧报纸，又拆开一层牛皮纸，一本崭新的书出现在女孩面前。绿色的封面上，有一轮旭日升起，正是女孩渴望拥有的。

"母亲在一旁絮絮叨叨：'我一早把麦子翻了场，就去了城里的大书店。等到了那儿，打听来的书名却忘了。城里的服务员态度可好了，我只知道书皮是绿色的，人家一本一本给我找……'

"女孩不敢抬头，泪水早已在她脸上肆意奔流。正午的阳光穿过树荫温暖地照耀着她，而母亲爽朗的笑声也永远留在了她的心里。"

我的声音有些发抖，教室里早已一片啜泣。那个女生抬起脸颊，看着我，泪大滴大滴地滑落。

最后，直视着她的眼睛，我说："母亲可能是卑微的，母亲的爱却是足以温暖我们生命的阳光。"

谁的幸福

程雪怡

我从心眼里讨厌那些煽情的话，从小就是。尤其怕我妈说："你的幸福就是我的幸福。"我经常会翻着白眼告诉她："拜托你少来这一套。"也许是没大没小惯了，我们成了最亲密也最容易闹矛盾的朋友。

我们分工好了，我负责好好学习，最好在将来有口饭吃的时候顺便给家里人带来些值得骄傲的谈资。而她，就负责些后勤事务了。对于这一点，她可真是发挥得淋漓尽致，为了省几块钱恨不得绕着襄樊城跑上一圈。于是在我"不舍得花小钱就永远挣不到大钱"的嘲笑下，她终于反抗了："变态的价值观。"我承认，的确有点儿变态，但最终还不是作为鼓励自己在高中压迫下乘风破浪的勇气。

她总说："辛辛苦苦好不容易把你养这么大，带小孩真烦人。"好像真的这辈子都不会再哄小孩子，但是一见到我的小表妹，她像是真的忘记了自己痛苦的经历了。在这个胡搅蛮缠的小丫头面前，她表现出前所未有的大度与耐心，尤其是妹妹1岁生日那天，她抱着妹妹，认真地教她爬——这个小笨蛋一点都赶不上7个月自己扶着沙发学走路的我。妈斜着身子，一绺刘海轻轻地垂了下来，挡住日渐稀疏的睫毛，汗珠顺着脸流下来，刚好滑到咧开的嘴边，她拂去汗珠，轻柔灵巧。逆光中，有一种影影绰绰的错觉，十几年前的我，也能让她这么快乐吗？像这样抱着我，给我讲故事，给我唱摇篮曲，这是多久以前的回忆了。这么快，时光以它独特的舞步，飘忽着卷走了一大群人的美丽年华。而眼前这个女人，却也心甘情愿地把她的清秀容颜一股脑兑换成我的日渐成长。

我挺喜欢和她一起看电视，听她咕咕哝哝发表评论。前几天我们一起兴趣盎然地看一个关于珍珠的节目，她专注地看着主持人在一堆光鲜的珍珠首饰里挑选，那时我看了她一眼，她的眼睛里不住地放着光——不知是电视里的画面在她眼中倒映出的幻想，还是泪水汇集成的璀璨钻石。我只知道那充满渴望的表情，像小时候的我渴望着昂贵的玩具。妈妈拥有过的首饰不过是结婚的金戒指，还有一条爸爸送的银项链，可如今，金戒指也给我打了金佛。玛丽莲·梦露说过，钻石是女人最好的朋友，可是她却从来都没有拥有过一粒属于自己的钻石。我知道那是她舍不得，舍不得在自己身上花太多钱。当我穿着几百块的衣服而她穿着50块钱的凉鞋走过好几个夏天时，说真的，我也心痛。是我太虚荣了，妈，我说"对不起"你会接受么。我遗传到了爸死鸭子嘴硬的特点，怎么也不会说一句"我错了"，所以这些东西都是深深藏在心里的。那么好吧，让我帮你完成一个女人华丽的梦，让我在未来带给你爸没有帮你完成的心愿。

我现在很幸福，不知道你幸福不幸福呢？我知道有太多你应该得到却放弃了的东西，不知道这种放弃有没有换来更多的你所期望的幸福。不只是那些辛苦，不只是那些忙碌，不只是那些对自己的苛刻，还有一颗鲜活跳动的心，这颗心里只有一个人的影子，这颗心只为一个人操劳。

我不想说几十年如一日，因为我相信我能让你的每一天都不一样，也许不能每一天都是快乐的，但是每一天都能让你看见我的成长。直到有一天，你发现，哈，我已经不再需要你操心了。

你的还是我的，管他谁的幸福呢，我只知道，妈，我要我们俩都幸福。

我要记得你的好

马 妍

"你这作业怎么得分这么差哟？昨晚让你检查的吧，就是不听！瞧瞧你这成绩！都说了多少遍了，打草稿打草稿，做数学题要打草稿知不知道……"

我唯唯诺诺地拼命点头，虽然根本没有听清你到底在说什么。微微一抬眼，就撞上了你的目光，于是吓得又赶忙低下。本是件严肃的事情，但一想到你刚才唾沫星子直飞的样子，我却又禁不住想笑。

最终还是忍住了。

偷偷地瞟了一眼手表，9点40分了，你已经训了十来分钟了。嗯——记忆中你好像一直都是唠叨的吧。

但是，也是温柔的。

放学回家，铁门是敞开着的。我知道是你回来了——也只有你是这么冒失，不过似乎有时我也会这样。于是我便埋怨你："都是你，一个冒失的妈妈才能生出冒失的女儿！"而你又总是笑呵呵地说："那你应该去怪你外婆，谁让她把我生这么冒失呢？"然后我们一起大笑。

"妈——开门！"我大声喊。于是我听见了你急急忙忙的脚步声。"宝贝，你回来了呀！"你满脸笑容地迎了上来，而我却有了奇怪的感觉。"发生了什么事吗？干吗对我这么热情？"我问，"你知道你很肉麻吗？""怎么这么讲话呀？"你的笑容淡了下来，"好久没和女儿亲热了，热情点不行啊？"

那一刻，不知怎的，我突然觉得你很孤单。

我总说，你看重成绩甚至超过了我，而你也经常回答，对，是的，我就是喜欢成绩。然后，我就会被你的话气得跑回房大哭。

我只记得你的打骂，却不记得你的好。这是爸爸常对我说的。

是这样吗？

4年级时，因为我未经允许，拿了放在桌上的5角钱，你狠狠揍了我一顿；5年级时，因为我买整人玩具吓唬同学，你狠狠揍了我一顿；6年级时，因为和你顶嘴，你狠狠揍了我一顿；初一时，因为考试考砸了，你狠狠揍了我一顿……

这些，我都记得很清楚。

而如今，我却又突然想起，每次打完我之后你自己也会哭；许多次考砸后我说"下次一定考好"，你也都相信我；每当我嘴馋让你去买东西时，你都二话不说；你为了让我进步而花了许多钱，换来的却只有一次一次的失望……

还记得以前看过一篇文章《你与母亲》："当你一岁时，她喂你吃奶并给你洗澡，而作为报答，你整晚地哭着；当你3岁时，她怜爱地为你做菜，而作为报答，你把一盘菜都扔在地上；当你5岁时，她给你买了新衣服，而作为报答，你穿着它去泥坑里玩耍；当你7岁时，她给你买了皮球，而作为报答，你用球打碎了邻居的玻璃；当你9岁时，她付了很多钱给你辅导钢琴，而作为报答，你常常旷课不去练习。当你……"

"吃饭了！"你大声喊着。

"妈妈！"我走过去抱住你，"I Love you."

五味蛋糕

浅安安

奶油蛋糕

喜欢看关于母爱的故事，喜欢身临其境的感受，喜欢被感动得稀里哗啦，喜欢学主人公的样子。

最近看的故事大多是同一个情节：叛逆的孩子被亲情感化，对母亲说了很久没说过的话，然后母亲哭了，孩子也从此变乖了。

于是，我也学了起来。在你身边矫情地说："妈妈我爱你！你爱我吗？"

然后睁大眼睛望着你，没想到回答竟然是："昨天不是问过了吗？"

真是气得我暴跳如雷："昨天问过今天就不能问啊！如实招来，你到底爱不爱我嘛？"

"哦，不爱。"

"不对不对，此时你应该充满眼泪，深情地说，宝宝我爱你！快按剧本重来一遍！"

唉，每次都是我教你说，为什么和原想的剧情不一样呢？你说因为我天天都问，哪像那些孩子多少年才说一次"我爱你"，我这样太腻了。好吧，我承认是我问的次数太多了，可我也忍不住，谁让我这么乖，不叛逆呢？

这以后，还是照常天天问。我们之间的感情就像奶油味的蛋糕一样——甜，却很腻。

水果蛋糕

你拿着一把小剪刀找我："妞，给我把白头发剪了！"我屁颠屁颠地找，看见那一丝白发，突然鼻子一酸。你终究一点点变老了，忍住眼泪说了一句："妈，我长大了一定好好对你！"

你叹着气，"唉，你越长越大了，把我们都撵老了呀！"

很多时候都希望白发代表着衰老，这样我就可以一下一下剪掉你所有的白发，那么你就永远年轻不会老了。多希望我还是襁褓中的婴儿，你还是年轻的妈妈，抱着我在阳光下摇啊摇。唉，现在应该抱不动我了吧，可我要抱着你，永远抱着你，紧紧地不松手。

还有，要让你永远在我身边！

亲爱的妈妈，你一定要像水果做的蛋糕一样，甜美可人，水水灵灵的！

巧克力蛋糕

你总是这样，不常动手打我，却经常和我拌嘴吵架，吵得很凶，吵到我哭为止。

说实话，多数原因都在我，而我也是得理不让人。并且总是觉得我对、你错，吵的时候觉得你好啰唆，好不讲理，但每次回想时，都知道你是为了我好。就像那天你很晚回家我冲你大叫一样，我是担心你才冲你大叫的，都是为你好的。

不管我们做什么都是为彼此好的，这是肯定的。希望你能理解我，忍耐我的坏脾气。同时我也保证，我要学着理解你，学着控制自己，让我不再乱发脾气。

觉得我们之间就像巧克力蛋糕一样，刚刚吃的时候很苦，可慢慢品味却别有一番滋味。

蛋糕也快乐

你像清凉的冰淇淋蛋糕，我要守护你，不让你化掉；
你像美味的果冻蛋糕，最合我的口味，最了解我，最适合我。
你知道吗？你没有像故事中的母亲为孩子牺牲自我，但你无时无刻不在关心、保护着我。而感动我的恰恰是这一点一滴的小细节。比如：下雨时，你会把伞偏向我这边；路遇大狗时，你会挡在我前面；买东西时，你会拿很多，只让我拿一点儿；洗澡时，你让我先洗，只怕水会冷……一个小动作，却是在保护我，你宁愿自己面对也不让我害怕。

离开你几天就会想得不行，你问我为何这么早从奶奶家回来，我找了许多冠冕堂皇的理由，可真正的原因就是想你了啊！

生日快乐！

妈妈，我爱你！祝你生日快乐，天天开心。

黄 昏

　　我总是在暮色四合时回到家中，一下车便能收获奶奶的问候。

　　我也总是在暮色四合时离开，夕阳将余光泼洒在奶奶古棕色皱皱的脸上，金黄金黄的。此时的奶奶好似一尊慈爱的佛像。她的身影被夕阳拉得老长、老长，尽管她脸上的微笑仍是那么温和，但耷拉着的影子却早已满溢出无限的迷茫、不舍和无奈。我能清楚地看见，汽车开动的那一瞬间，奶奶眼里闪动着泪光，那灼热的光狠狠地射痛了我的眼睛。

　　这样的情节如电影里的胶片，回放的时候总是温情的慢镜头，一格一格地，如此清晰，却又那么残酷。

　　黄昏下，往事依稀浮现。

一

　　很小的时候，家中极为贫困，父母长年在外工作，只有我和爷爷奶奶守着那一方极小极小的鱼塘过日子。常常没有什么饭菜，我们就得喝稀粥，那么稀的粥，和着盐，便大口大口地往嘴里咽。

　　有一天，再次看到粥和盐摆在灶上时，我闹脾气了，心里的一千个不满意一下子涌了出来，索性不吃饭就去上自修。

　　但只跑到鱼塘边，便被奶奶赶了回来，只见她用颤抖的手从衣兜里掏出一张皱巴巴的一块钱，叫我买些东西吃。

　　我满足地接过钱，笑着转过身飞快地向学校跑去，背后剩下奶奶和她身后的一片残阳，空中回荡着奶奶对我说的话"别饿着了"。

　　那时候的我太小，太不懂事，所以这样的情景经常上演。

　　可是，奶奶却从不责怪我，一次也没有。

二

后来，家中逐渐景气了，每顿饭菜即使不太丰盛至少也有鱼有肉有菜，但奶奶却开始信起佛来。逢年过节，家家大鱼大肉庆祝时只有她不肯吃荤，仅捧着一碗白饭，拌着青菜豆腐。

我在一旁看得心酸，奶奶却若无其事，静静地、默默地在一个角落，像守着什么信念似的，那么虔诚地吃着。

或许她在想，多亏祖宗保佑，我们家才有今天的福，我总得做些什么来感谢神灵。

三

新屋落成时，我早已在外读书多年，除非春节和暑假，其他时间我是很难回家的。

忘了在第几次回到家中时，突然惊喜地发现："奶奶，看，我长得和你一样高了耶！"

奶奶笑了，说："奶奶开始缩水了嘛，小孩子长得快，你会长得比奶奶高很多。"

直至现在，我已比奶奶高出一个头多了。俯身细看奶奶时，我不禁痛恨岁月的无情。可恨的岁月让沧桑爬到了奶奶的脚上、手上、脸上、头上，处处让我揪心。

四

每次背上行囊准备离去时，总赶上美丽的黄昏。长大后的我已不哭闹着向奶奶要零花钱了，但奶奶却开始坚持在离开时硬塞钱给我，口里仍念叨着：别饿着了，多买东西吃，你正在长身体呢。

揣着奶奶给的钱，手里还有奶奶的余温，我心头一热，突然猛地想到世间的生死离别，我蓦地哭了出来——我害怕转身，我害怕未知的下一秒。

汽车已缓缓开动，逐渐离开了家的视线。透过车窗，我发现家的方向的灯光仍然亮着。那里应该正坐着我亲爱的爷爷，他大概也在惦记着我们吧。

五

在我6岁时，爸爸办了养鸡场。夜里，爸爸妈妈没空时，便由我和爷爷去"保护"那些鸡。那些鸡宝宝倒挺安分的，吃饱了、喝足了倒头就睡，并不影响我的休息。

但是夜里，好动的我躺在床上仍天马行空地胡思乱想，久久不能入眠。

这时，爷爷便开始哄我睡觉，他给我讲二十四孝的故事，给我唱《八才子》的曲儿，再不就秀几段粤剧。

我饶有兴致地听着，虽似懂非懂，但总催着爷爷往下讲。最后，我在思考爷爷讲的故事时不知不觉地睡着了。

那时候，爷爷还那么的健壮，时时让他的孙女感到安稳。

六

爷爷是个老小孩，喜欢吃零食。他有一个百宝箱，里面装的全是美味可口的零食。但奇怪的是，百宝箱里装的也全是我喜欢吃的零食。每次回到家中，爷爷都慷慨地打开百宝箱，让我帮忙清货。

我当然很乐意地接受了。那些零食虽然放久了一些，但还没过保质期，还能吃，反正都快过期了，我就好心地帮帮他吧。

我笑哈哈地把空箱子还给爷爷时，爷爷也乐呵呵地收回了，说："你的胃口可真大呀，小馋虫。"

渐渐地我明白，那是他为他疼爱的孙女准备的百宝箱，他的血糖高，极少吃糖品零食的。噢，我亲爱的爷爷。

七

如今，他的目光却变得呆滞了——他不再那么健壮，他开始三天五天地往医院里跑，脚步变得迟缓，行动愈加困难，说话逐渐含糊不清。他不再灵活，耳朵也不好使了，常常听不清来人对他说的话，每天都静悄悄，孤零零地一个人坐着。

他不再精神抖擞地给我讲故事、唱曲儿。

他与周公见面的时间更长了，每天吃完便睡，睡醒又是吃饭的时间，几乎从不运动。

他平时吃饭时总把饭粒掉到地上。

他走路用上了手杖，走起来还颤巍巍的。

……

已近黄昏。

但是，他忘了吃饭，忘了洗衣服，忘了便后冲厕所，却从不忘往百宝箱里放些零食。然后，等我回来。

我亲爱的爷爷。

八

可这是为什么呢？为什么他们变得那么令我担忧。她老了？他也真的老了？

但事实已是如此，人到底敌不过自然规律，生老病死，终要归于尘土。

只是我不能想象，没有他们我要用什么样的心情生活。我不能习惯没有奶奶陪我看电视，不能习惯没有奶奶的细声叮嘱，不能习惯没有爷爷炯炯的目光，不能习惯看到空空的百宝箱，不能习惯没有他们的音容笑貌的日子和家……我害怕，真的害怕失去他们。

九

于是，我更珍惜与他们一起的时光。

我会时常和爷爷奶奶说说话，给爷爷讲电视剧的情节，给奶奶讲动人的故事，给他们捶背，帮他们洗衣服，为他们打扫房间……

　　我会在买零食时记起奶奶的牙不好，吃不了硬的东西，因而选软糖类的给她，爷爷不能吃糖，那就买水果吧；我会执着于爷爷随口说想看我长发的样子而破天荒地留了一段时间头发，改变我十多年从未改变过的假小子发型，扎起来让他看；我会在炎炎夏日担心奶奶在田里劳作；我会在电闪雷鸣之际忧心爷爷是否已回到家中；我会在梅雨时节担心奶奶的风湿病和爷爷的脚是否还痛……

　　我很希望自己能像他们曾照顾我般照顾他们。

✚

　　可是，我知道，有些东西，岁月是永远无法替换的，就像他们是我的爷爷奶奶，而我，永远是他们疼爱的孙女；就像无论我怎样飞奔着去爱他们，都无法赶上时间催他们老去的步伐，亦无法抵得上他们曾经给过我的无微不至的关爱。

　　汽车愈开愈远，奶奶的身影早已消失在地平线上，天空开始泛出一片片苍白；夕阳终于收尽了它最后一抹余晖，只剩下两颗孤独的心，徘徊在那幢空荡荡的大楼里，等待着黎明的到来。

　　终于，我还是拨动了心中那最熟悉的电话，对面传来了熟悉动听的天籁之音，我轻轻地对奶奶说："奶奶，等我考上一所好大学，赚许多许多钱，我要给你镶一副全世界最好的牙，带你和爷爷一起去吃最好吃的东西，你们一定要等我哦！"

　　对面传来一阵会心的笑："好啊，我们等你，不要让我们失望哦！"

　　不会的，一万个放心好了！

　　我会在下一个黄昏回到家中，等我。

小孩，你被批准长大了

沐 洱

　　亲爱的小破孩，回忆着你，我有着千言万语，可真正要记录与你的点点滴滴时，我却有了慌乱的神情。

　　是的，我爱你，我想，应该不会有人会质疑我对你的真挚。回想起一同走过的岁月，那是一种无以言表的感动。是啊，站在同一个地方，朝着同一个方向，看过同一片风景，而最幸福的是，我们有着同样的梦。那是怎样一起走过日升日落、云卷云舒的感动啊。

　　知道吗，其实你一直都只是个傻傻的小孩。在你还翻滚于婴儿床上、懵懂傻笑时，我就好想认识你，你的一点一滴都能牵动我的心弦，可惜的是，那时，我们还小。再大了一点，发现你这个小孩有点胡闹，还有点小讨厌。你很喜欢哭，喜欢占有一切你想要的，尽管可能你并没有那么的喜欢它。眼泪，一直都是你最尖锐的武器，用它，你可以随意地掌控战局，即使对手是那强大的父母，也不例外。可那时的你不知道，为什么你一落泪，他们就会失措，就会尽力满足你的要求。

　　孩子，那是因为爱啊！每每看到你捧着战利品破涕为笑时，爸妈脸上那幸福的笑，不知道现在的你明白了没有？稍微让人欣慰一点的是，后来啊，你似乎没那么淘气了，你不会再老是拽着爸爸的衣角，到处烦得他一点儿事也做不了；不会再因为挑食不吃饭，吵得妈妈一顿饭也吃不安宁；也不会再因为想要达成一个可能无礼的要求，便把眼泪丢得稀里哗啦……直到这时才发现，你是真的长大了，懂事了。可即使这样，似乎你总还脱不去孩子的稚气。你啊，都18岁的人了，还会在看到那千篇一律的肥皂剧时，哭得欲罢不能；会在看到路边的小猫小狗时，忍不住蹲下来，用它们的语言，和它们对上半天的话；会在无聊时自说自话，一个人玩命地傻笑……你啊，一定不知道，那时的你多么白痴。可不得不说，确实啊，你是长大了呢。

其实，你一直都是个很专一的人，尽管大家总不这么认为，可是，我一直相信。你啊，能够轻易地对一个明星或卡通形象动心，又能在几天后，迅速忘记他而天天将另一个人挂在嘴边。大家都说你太花心，你笑说，这叫"博爱"。可你喜欢的真的是他们吗？我不信。你喜欢的不过是你刻画出来的东西罢了，你喜欢的只是你的梦，你想要追求的完美的梦。虽然你总以为那就是喜欢，可我愿意相信你会有明白的一天。那一天来了啊，你就长大了。

有这样一首歌，"世界上最幸福的事就是与你一起慢慢变老……"你看，亲爱的，我们多么幸福啊！知道我最喜欢你哪一点吗？是啊，是你那开朗的心态和美丽的梦。你很喜欢笑，你觉得那是一种很舒服的表情，所以你总是时不时就把它们牵出来晒晒太阳、吹吹风。你很少和别人谈起你的梦，却喜欢在无人的夜里，捧出来细细端详。你想要一个安定的生活，希望有那么一天，你可以端坐在北京的某一所高校里，呼吸着属于那座城市特有的气息。你想做跟"大学"这个字眼扯上关系的一切有趣的事，你还想在周末的时候，拉几个朋友，搭上公交，看看这座美丽的城市。其实啊，你一直不说，可我知道，你最想做的是到美食街去，从街头吃到街尾，然后再一路吃回来。有时啊，对你这个小馋猫真是一点儿办法也没有。不过，有了梦想，是不是说，你长大了。

就是这样的你，即使有万般的缺点，我仍愿意无条件地爱着。有人说过，这世上没有无条件的爱，即使是父母、情侣，他们爱你，可也希望你去爱他们。但这句话好像忽略了一点，如果这个人是你自己呢？你会对自己的爱索取回报吗？向谁索取？是啊，我们拥有同一个灵魂，同一个身体，并且都很努力地朝着同一个方向前进。

是吧，我的亲爱的——亲爱的我！

现在我宣布："小孩，你被批准长大了。"

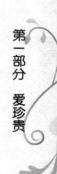

有一种爱，与诺言无关

寂寞青衫

本来，我想爸爸最后一定会亲自送我去学校的，毕竟这是他最心爱的女儿第一次出门远行。当爸爸站在月台上向我挥手的时候，我才明白，这一次，爸爸真的是要放我一个人去飞翔了。

这不是我努力争取的结果吗？我不是一直在向爸爸要求"单飞"的权利吗？现在这机会不是真的来了吗？可是为什么，这一刻我的眼睛里有一股热流在涌动？爸爸看见了，冲我做个鬼脸，隔着车窗玻璃刮了一下我的鼻子，然后坚定地挥了挥手，转身消失在拥挤的人群中，背影是那么轻松，那么潇洒。

爸爸这次真的是要信守自己的诺言了。我失神地坐在座位上，泪水不争气地流下来。这时候，爸爸为我编辑并强行灌输给我的那些"单身旅行须知"开始自动发挥作用。

"第一条，不能让人知道你是一个人初离家门。"我擦干眼泪，摸出一本时尚杂志，把MP3的耳机塞进耳朵，脸上调整出轻松愉快的神情，开始安心"享受"这段一个人的旅途。

不知不觉，家乡的那座小城已经被远远抛在身后了。天色暗了下来。按照"旅行须知"的提示，我打起精神观察车厢内的环境。人可真多，连过道上都坐满了人，真不能想象爸爸是怎么为我挤到这个靠窗的座位的。从身边的旅客里，我并没有发现"须知"里描画的那些奸邪的脸谱，也没有人对我有"须知"里提及的种种伪善的关心或别有用心的搭讪之类的举动，压根就没有人理我。

我刚想放松一下紧张的心情，大脑的某个部位突然接收到一种被专注地窥视的感觉。我四下张望，碰到的却一概是些疲倦漠然的眼神。

然而"须知"上说，要相信自己关于危险的直觉。我的神经又紧张起来，所有的感觉天线都开始搜索，捕捉。

"在后面！"直觉告诉我。我鼓足勇气，猛地站起来，回身迎向那束目光。

"大姐姐……你的……你的头发……好……好特别……好漂亮耶！"很显然，我把那个正聚精会神研究我头发的小姑娘给吓得够呛。

我长出了一口气，都怨爸爸，作为他答应让我一个人远行的条件之一，我被逼着把一头长发剪得像个假小子，亏他还好意思说这样保险系数高多了。

精神一松弛，倦意不觉袭来。刚眯了一会儿，忽然觉得好像忘了什么。仔细一想，原来是"须知"第十条在作怪："车上打盹须盖上毛毯，谨防感冒。"

毛毯放在哪个包里来着？

我吃力地取下一个包，翻腾了半天，不在里面。麻烦的是，有几样东西我无论如何也没办法再把它们放回去了，真不知道爸爸是怎么把这些东西给我塞进去的。

我没有勇气再去打开其他的包，好歹凑合着眯会儿眼吧。可是麻烦又来了，经过这么一折腾，我有了上厕所的强烈感觉。

按照"须知"上的指导，我把一个包放在座位上占好位，跟旁边的大婶打了个招呼，才吃力地挤过人群上厕所。问题还没解决完，就听到车厢里开始喧闹起来。出门一看，声源就在我座位附近。

"这贼胆也忒大，人家小姑娘离开不过两分钟，众目睽睽地就来翻包，真是无法无天了！"

贼？包？小姑娘？

我的！！！

我先前的直觉果然应验了！

我拼命向前挤，可人实在是太多了，又都顾着看热闹，我硬是挤不进去。只听得一个粗嗓门在喊："你是她爸？我还是她爷爷呢！告诉你，你这样的我可见多了！"

一个微弱的声音在辩解着什么，那声音好熟悉，我的心一下子乱起来。

还是那个粗嗓门："找毛毯？找球！……你急什么？小姑娘马上回来！……不想让她知道？我看你是怕她回来露出马脚吧！"

我终于挤到人群前面。

他尴尬地看着我："你看这……本来完全可以不让你发现的，可是……"

我扑进爸爸怀里，任幸福的泪水恣意地打湿爸爸的前襟。

爸爸轻轻拍拍我的肩膀："对不起，爸爸又失信了。"

我用耳语般的声音说："有一种爱，与诺言无关。"爸爸没听清，问我说什么。

在车轮的铿锵声里，我贴到爸爸的耳边，大声喊："爸爸，我爱你！"

爱的存折

晨 晨

有人说婚姻是没有硝烟的战争，其实在母女之间，也存在着这种"战争"。几天前，我与妈妈吵了一架，吵架的原因现在已经记不清了，只是"战争"结束后的发现令我记忆犹新。

迷迷糊糊地睡到了中午，脑袋像灌了铅似的。"头好痛哦！看来感冒又加重了！"我不情愿地从床上爬起来，硬撑着身子去爸妈房间里找药，拉开抽屉，胡乱翻了翻，忽然一个精美的礼盒映入我的眼帘。我确定，从未见过这东西，在好奇心的驱使下，我的手伸向礼盒，并小心翼翼地打开，心里不停地默念着："非我也，手也。"咦？一个本子！是什么呢？莫非是老爸写给老妈的情书？还是……脑海中好像有两个小人在打架。"看看吧，反正是自己家的东西！""还是算了，是妈妈的吧！不看了！"我轻轻地抚摸着本子的封面，"哇，好漂亮啊！还是今年最流行的水蓝色哦！"好香啊！"终于，我经不住它的诱惑，闭上眼睛，以最快的速度翻开本子。我慢慢地睁开眼睛，四个娟秀的字——爱的存折。哦！原来是账本，但为什么在"存折"前加个"爱"呢？我迷惑不解地翻着，希望能从中找到答案。

"1984年，我认识了峰，他对我很好，是个值得交往的人，在这里存入200元。"

"1987年，我们结婚了，尽管不是很富有，但我们很相爱，在此存入500元。"

"1988年，宝贝出生了，我们给她取名叫展晨，她是我们爱情的结晶，以后我们一定会精心呵护她的，在这里存入1000元。"

"1989年，最近没怎么休息，总是担心孩子没吃饱，没睡好，她翻个身我们都得盯着，看她断奶时嗷嗷叫唤的模样，真是又难受又心疼，存入500元吧。"

"1995年，晨晨上学了，也变得懂事了，常常自己洗袜子，有时还为我们做些力所能及的事，真像个小大人。学习很自觉……在这里存入800元。"

"2004年，转眼间，孩子都上高中了，随着她渐渐长大，岁月在我们脸上也毫不留情地留下了痕迹。高中三年，是学习生涯中的重要阶段，我和她爸累点没关系，但一定要让孩子吃好睡好，以便以更加充沛的精力投入到学习中去……"

我的眼睛不知不觉地湿润了，这些看似平常简单的小事，妈妈竟然都记得如此清晰。创造了我生命的人，把我从婴儿养到现在这样健康的样子，她为我付出得太多太多，将来还会继续默默地为我付出。是什么力量驱使她这么做？是爱，爱的力量！

"2005年，孩子生日那天，晨晨为我做了一顿饭，说17年前的这一天，是我的苦难日，我感动得说不出话来，她真的长大了。在这里存入1000元。"

……

"昨晚，她和我顶嘴了，我们吵得很凶。她说她需要自由，不快乐，说完后就摔门出去了。我很伤心，天天为了她，我起早贪黑地准备饭菜，她提出的要求，我们都尽量满足，她难道不知道我们这么做是为了什么吗？难道我们的付出都白费了吗？在这里我要取出2000元！"

顶嘴？吵架？是前几天发生的那场"战争"吗？真没想到我只是无意中说的几句话却让妈妈这样伤心，而我？竟然毫无察觉，连发生"战争"的原因都忘得一干二净了，真该死！

我怀着复杂的心情合起本子，原封不动地放进抽屉。我默默地念道："爱的存折，这存折里不是包含着妈妈对我无尽的爱吗？"于是，我回到屋里，拿出一个本子，在上面写道：爱的存折。存款人：女儿。取款人：妈妈。存款：无尽的爱！接着存入了我对妈妈的第一笔爱之款。

第二部分

不散场

当沙漏颠倒了三遍，我拥有了三段友情。不同的年纪，不同的性格，不同的相处方式，不同的结局。唯一相同的就是真正地经历了那些温暖唯美的回忆。

——念迩一世《当沙漏颠倒了三遍》

当沙漏颠倒了三遍

念迷一世

雨过的午后，闲适而又宁静。

望着窗台上沙漏里的沙一粒粒缓慢地落下，心里突然像遗落了什么。

记得在一次班会活动上，班长让每个人匿名写下自己的秘密放进所谓的潘多拉魔盒。我思忖了很久，最后认认真真地写了一句话："最希望收到的礼物是沙漏，因为，沙漏代表友情。"

萌，我会记得你

阳光灿烂。窄窄的走廊。我们又一次相遇了。

你的身边围绕着几张陌生的面孔。你们有说有笑，我的视线不自觉地移到了别处。这瞬间，感觉你的目光落在我身旁——那些新朋友身上。

"嗨！"听见你生涩的问候。我转过头对上了你的眼眸，想开口又觉得无话可说，只好僵硬地扯着嘴角，留下一个勉强的笑容。然后，快步向前，与你擦肩而过，再没有回头。

萌，我们保持这种陌生人的状态已经多久了？真是让人不敢相信。连一句话都没吵过，昔日形影不离的朋友变得遇见时打声招呼都那么艰难。

萌，这不是你想要的结果吧。我们这段友情如此轻易地付诸流水，你也会心有不甘吗？

萌，你是否还记得那些日子？那些我们朝夕相处的日子。

曾经在体育课上，我和你紧握的手是一道亮丽的风景线。即使彼此的手心都渗出了汗水也从不曾放开。尽管被体育老师教训过很多次，但我们还是执着地继续这个危险动作。那么如今你的手又和谁握在一起呢？

记得那时候你养了一只很可爱的小狗，我总是在每个周末去你家陪它玩，直到它在我的裤子上用爪子印下几朵梅花才会回家。后来呢？听说它丢了。你那么爱它，当发现它不见了，一定很难过吧。

　　每一次我在公园里散心都会伏在冰冷的铁制栏杆上眺望河对岸的沙地很久很久。那里有专属我们的足迹。过去我们总爱放学之后捧着零食去那片沙地谈心。面对夕阳照耀下闪着粼光的河水，你是否会有和我一样似曾相识的感觉？

　　萌，原来我们之间有如此多的回忆。

　　萌，谢谢你，我会记得你。

木子，我会珍惜你

　　木子，我们同班同学很长时间，却从来没有过多的接触，关系也是平平淡淡的。直到班主任将我和你调成同桌。一切才有了变化。

　　木子，你还记得那一天吗？

　　数学测试的成绩刚刚公布，你陪我去办公室看成绩。在堆成山的考卷里找到自己的，当瞄到那鲜红的数字时我愣住了。78分，那种失落，不言而喻。默默地听完老师的教训，我没有让你看我的试卷就拉着你的手转身离开。下课之后，我慢慢吞吞地收拾课桌，走出教室发现你还在等我，便扬起微笑和你打闹起来。你一把掐住我的腰，看到我那被修理得可怜兮兮的模样，还"恶狠狠"地问我："下次还敢不敢？嗯？"在那一瞬间，我突然鼻头一酸，眼前一片蒙眬，泪就流下来了。你一看见我哭就变得手忙脚乱，慌张地从口袋里掏出纸巾帮我擦眼泪："怎么了？是我弄疼你了吗？"我赶紧摇摇头。听着你关切的口气，更多的眼泪止不住地顺着脸颊滑落到地上。你似乎突然懂了，叹了一口气，轻轻拍着我的肩膀："没关系呀，这次没考好还有下次呢，我们一起努力好不好？"我没出声，抑制住泪水，抹了把脸，就跟着你回教室了。说实话，你安慰人的方式还真烂！

　　可惜，我和你的亲密没有持续多长时间。上了初二，整个年级重新分班。我们，一个2班，一个9班。

每一次看到你和另一个女孩双进双出，我会很害怕，害怕和你的友情会和萌一样。时间长了，我才发现自己的担心很多余。因为你不是萌，你还是一如当初地找机会"欺负"我。

圣诞节的前几天中午，我和鱼走在喧嚣的路边，讨论着要送什么礼物给暗恋许久的男孩。你骑着车悄悄地出现在我的身边，看着我一脸花痴相，打趣道："不如你把自己包装一下送给他吧！"我被你吓了一跳，还是附和着你说："呵呵，那他如果不要，把我丢进垃圾箱怎么办？"你挑了一下眉毛："那我肯定把你捡回家。""那就说好喽，如果他不要我，你一定要收留我！"谁知你语出惊人："什么收留不收留的，你本来就是我的嘛！"

木子，无论未来发生什么，我都会好好珍惜和你在一起的时光。

鱼，我会陪着你

鱼，我们在一起两年了吧。

这两年和你相处的影像就像蜗牛的足迹，平平淡淡却又在阳光下闪闪发光，让人无法忘记。

你的性格很温和，对许多事都不在乎。每次激动地告诉你某些很特别的事，你却只是淡定地回答一声"哦"。鱼，你知道吗？那时候的你真的让我很无奈。不过我还是习惯把心里的每个秘密和你分享。

那天，我问你看到天空会想到谁，你想了很久摇摇头，表示没有，等待着我宣布答案。我微微抬起头，望了一眼净蓝的天空。"天空代表最爱的人。"你又标志性地"哦"了一声。我拉着你的手走进教室。可你却一直不知道我的答案是什么，是你。

3月份，冬末，空气里还没有春天的味道，我知道你的生日快到了，准备送一份特别的生日礼物给你，扼杀了无数脑细胞后终于有了一个不错的创意。我找到校广播站站长，把自己连夜写出来的信交给他，请他帮忙在你过生日的前一天广播一下。你好几次看到我和他鬼鬼祟祟地密谋什么，又什么都没说，因此假装生气要揍我。鱼，其实那时候你已经猜到我的计划了吧。

计划进行得顺利无阻。一切在《老婆》的副歌中结束，你轻轻地搂着我，听见你在耳边呢喃："我太感动了！"

　　鱼，我和你虽然没有青春期友情该有的轰轰烈烈，但是在一成不变的学业里堆砌出的浓浓情意却显得更加珍贵。

　　鱼，我知道，总有一天我们也会在毕业典礼上哭着、笑着说再见，不过我不害怕，最重要的是我们现在在一起。

　　鱼，我会陪着你，到最后的最后。

　　当沙漏颠倒了三遍，我拥有了三段友情。不同的年纪，不同的性格，不同的相处方式，不同的结局。唯一相同的就是真正地经历了那些温暖唯美的回忆。

等你到世界终结

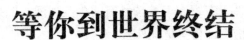

落一一

Founder，你失踪两周了，新写的文章还没来得及给你看，你就不见了，连招呼都不打。如果你哪天能回来，我一定要骂你太不够意思，突然不辞而别到底是要气谁？

一直以为你只是开玩笑，跟大家恶作剧，我还自作聪明地告诉自己淡定，玩够了你就会回来。我把那些写你的文字整齐地誊写在信上，等你回来拿给你看。

Founder，可是，你是真的不见了，到处都没有你的踪影，小C、小美都在帮我找你，我们几乎把学校翻了个底朝天，你还是像人间蒸发了一样。

我们说好了一起逃课离开这里，你一定是嫌我拖拖拉拉，没有勇气，所以才自己先走的。我一直最羡慕你的性格，很随性的那种，想到什么都会去做，叛逆到不行，能把老师家长活活气死，而却超乎寻常地有着十分优异的成绩，就像青春小说里写的，你是全校女生关注的焦点。

你总是喜欢眼睛对着窗户，那刺眼的阳光让你下意识地闭上眼睛然后睁开。你的发丝被染成金色，映衬着一张俊俏的侧脸，你的每一个动作，每一个表情总是那么合拍，不错，你有天生的王子气息。

而我，本是个感性的人却总是理性地活着，努力装作对一切都无动于衷，尤其是对你，接近淡漠。我敏感地怕别人发现对你的各种好感，但又希望别人发现些什么，好让你不用如此局促不安。

Founder，有好多次我都是失落地看着你孤傲的背影从身边一闪而过，暗暗嘲笑自己无能，可即使在这个时候，别人看见的还是那个不屑的表情。

"切，学习好了不起啊？附中唯一不缺的就是他这一型了……"

好违心的话。

之后我便绞尽脑汁思考搭讪的对策。

自然而不刻意。

上帝一定是听见了我内心的独白，它把你我变得不那么生疏，终于在这两个差距悬殊的人中间找出交集，那就是我们都钟爱的文字。于是我发疯似的写，试图把你写进我的每一篇小说，因为你本来就有主角的气质。然后拿给你看，又心情忐忑地生怕你发现端倪。你一定很难想象，总是表现得"事不关己"的小落会因为你的一句评语而激动得无法入睡，甚至刻意模仿你的字，模仿你的习惯，模仿你的文风。原来在这场舞会中我才是一直都戴着面具的那个。

我们依旧不怎么说话，时间在尴尬中总是过得很慢，可就算这样，那些这一秒还有机会做的事却在下一秒轰然结束，不留一丝念想。我一直没有勇气对你说一句稍有暧昧的话，直到那天你突然就离开了，像是抽离了我赖以生存的氧气，在巨大的空洞中我才愿意把这些深埋在心底的感觉全部牵拉出来，一字排开，终于肯坦然地面对自己，可是你已经真的真的不在了。美好的事情总会伴有不圆满的结局，这是擅长写故事的人所用的惯有的格式。

037

是的，你离开了，一切合乎常理，意料之内。

然后随着情节的发展，我就需要再为自己设计一个结尾，漠然地看书，写字，吃饭，睡觉……

可是。

可是。

现实不是小说，没有可以设计的情节，没有精致到无可挑剔的男主角，没有某天突然离奇地失踪——当我抬头的时候，发现一切都是反的，还是和原来一样，你一直在我视线掠过几个脑袋就可以搜索到的地方，不会用眼睛对着刺眼的阳光闭了又睁，你没有俊俏的侧脸，更不会随心所欲地要走就走，你的一切都那么实际，如此靠谱。你不会是全校女生关注的焦点，因为你真的只是附中最不缺的那一型。安静地看书，做题，算来算去。

不要说王子，恶毒一点，你纯粹是个"面瘫患者"，你的表情简单到我一只手就可以数得过来，不过我也会偶尔因为你冷眼对别的女生而心中高兴不已，毕竟我看过你的笑脸。

　　没有叛逆的性格，没有王子的气质，那又怎样？只要你是Founder就行，那我会一直安静地注视着你，默默地陪着你，哪怕等到世界终结。

角落里的阳光

音　尘

换座位的时候，我依旧选择了靠窗的位置。

她们说，我是在逃避现实，在角落里修筑自己的围墙，不让任何人靠近。

其实，我也不知道自己在干吗，突然间就把自己关了起来，想要把课本、老师、同学、朋友通通从脑子里删除。

她们站在我的面前，一副气急败坏的样子，很是心疼地说："小鱼儿，你真的是没救了！"我知道，我的决然伤害了她们。

坐在我前面的你没有说什么，在她们走了之后帮我捡起了掉落的草稿本。在那上面，没有复杂的演算，也没有优美的古诗词，更没有长得让人头痛的英语单词，有的只是随手写下的自认为很伤感却又被自己狠狠划掉的句子。

虽然被划掉了，也还是可以辨别出上面写了什么。你翻过另一页，故意隐藏起那些不成调调的句子，然后轻轻地放在被我高高垒起的课本上。

真的，在那一刻，我的心为之动容了。

自习课上，我望着窗外发呆。天空是灰白色的阴霾，我的心情是黑色的沉重。你转过来问我："在看什么呢？"

我看着窗外被风吹动的树叶，淡淡地说："三月的天，好像并没有那么阳光明媚。"

我知道你不喜欢我这样说，因为我看见你紧抿着嘴唇，微皱着眉头，可是这样的你，还是那么好看。

心里这么想着，嘴上就这么说了。你不依，向我抗议："哪有用好看来形容男生的啊。"

我笑了，被你的较真逗笑了。

你却说："应该用来形容现在的你。"虽然声音很小，但我还是听到了，笑容在瞬间凝结，寂静也随之蔓延。

我还是不愿意打开课本，不是不想，而是不敢。我害怕那里面陌生的知识，觉得它们会伸出一双无形的手把我掐死在无形之中。

这些你都知道。所以，你从来不跟我提课本的事。你把课堂笔记抄在带有香味的笔记本上，然后借给我。我却不小心发现，你从来都是把笔记抄在课本上的。我喜欢上你那干净的笔迹，并开始模仿，因为，在那字里行间，我仿佛看到了有阳光在跳舞。

同桌对我发出羡慕的"啧啧"声，我笑而不语。

后来，你在笔记本的扉页写上了我的名字，不再把笔记抄在笔记本上，而是直接抄在我的课本上。我明白你的意思，可是，已经沉淀那么久了。

你说："时间可以让悲伤沉淀，也可以把悲伤冲刷掉。"你说的那么认真，那么坚定，所以我相信了你。

可是，一切都没有想象中那么简单。班里面流言四起，连我所在的角落也不放过。我没有怨言，你为了我抄两份笔记，放弃打球的时间用来陪我聊天。仅仅这些，就足够让一个流言飞速蔓延，然后布满各个角落。

只是，我又开始逃离课本了，连你送我的那本笔记都不敢打开了。我在草稿本上写下那些练习已久的字，虽然和你的很像，但我却看不到阳光在上面跳舞，我想，我是再也看不到了。

有一天早晨，教室里亮堂堂的。你兴奋地对我说："看，三月的阳光！"然后，你拉着我跑出去晒太阳。你说："终于等到这一天了！"

没想到我随口的一句话竟会让你记挂那么久。

你用你的耐心陪我等待阳光，提醒我，三月里真的有明媚的阳光。

我决心面对一切。

可是，你却要走了。你没有告诉我，我也没有问。你不说，我就假装不知道。有时候，离别是不需要太多的语言去修饰的。

还记得你对我说的最后的话："小鱼儿，你不是深海里的一条小鱼，所以不要游向更深更暗的地方。"

我知道，往上游就能寻找到阳光。

空间里总容不下第三个

萧 萌

我和玲菲是好朋友，我们是两个人。

我和落小左是好朋友，我们又是两个人。

所以，我们是4个人。

玲菲扎着两个羊角辫。走起路来，辫子忽上忽下的。在我们这个年纪会扎两条辫子的女生可以用两个字形容：伟大！不过，这辫子还别有用处。每次我和玲菲吵架都以拽着她的辫子看着她痛苦的表情宣告胜利，看来我不留长发还真有好处。

晚自习后，我和玲菲一起回家，她从幼儿园的窘事一直讲到对未来的无奈，我从3岁被老妈暴力教训过讲到年老时会看着夕阳回忆过去。

我们一样喜欢语文却特讨厌语文课，所以我们一起大义凛然地对语文作业说"NO"。我们一样喜欢我们班却只能眼睁睁地看着我们班从级部第一到倒数第一，然后沮丧。

我们一样喜欢旅游却连走出家门的勇气都没有，只能在假期里望着窗口发呆。

我们一样喜欢带很多书回家却一点不看，只是找一点心灵的安慰。

我们一直走，一直讲，后来语言都有些力不从心，因而不得不加上手语，整个人都手舞足蹈起来。我们一直在笑，笑到最后，只能停下来，望着路边的行人大喊大叫，比谁的回头率最高，在他们眼中，我和玲菲是疯子。

玲菲有一辆变速的折叠车，超小。我坐在后座上还要高抬腿。就这样，玲菲每天载着我穿过大街小巷。行人都向我们投来惊奇的目光，这么小的车也能载两头猪啊！每次我载玲菲时，她都会任性地挽着我的腰，然后我脑中就突然有一种想法：如果我是男生会怎样。这种想法把我也吓了一跳，我不会是个变态狂吧。玲菲很肯定地说："不是啦，你这样的人，顶多算是个变态杀人狂！"

2月14日是玲菲的生日，情人节，很棒。我说你真是给你男友省钱了。我才不会送你礼物，免得别人误会我同性恋。不过，第二天我还是忍不住送她一个漂流瓶。

"里面有送你的一段话。"

"什么啊，我想看。"

"现在不要，以后吧。"

"以后是什么时候？"

"你觉得需要的时候。"

我生日的时候，玲菲买了一对情侣链，她说它象征着友谊。我选了男生的那个，然后我们每天大摇大摆地戴着情侣链在学校招摇过市。玲菲曾问过我："如果下辈子可以选择性别……"我打断她的话，"我会选男生。""我也是。"为什么？我们不知道，但我们的答案一样。玲菲也问过我为什么选男生的那个链子，我笑嘻嘻地说："选男生的值钱嘛，我穷了就把它卖给×××或×××，50块一定有人要！""去死！"说实话，追玲菲的人还特别多，可惜玲菲不是那种人。我们还太小，什么都不懂也不想不需要懂。

我们教学楼顶上有一个球形的建筑物。我和玲菲爬到楼顶，享受徐徐的凉风，然后到球里面去探险，是那么激动兴奋。记得玲菲在内壳里写道：萧萌、玲菲永远是好朋友。我在后面加了两个字：永远！然后满意地离开。

记得我说过一句话："做好朋友的前提是，可以毫不吝啬地出卖自己。"但这句话对于落小左来说，绝对是个例外。

落小左，一个永远没有学习，潇洒做自己的疯子。我们之间的距离会保持永恒，因为那是未知，也正因为那种未知，使我们成为好朋友。一个不必用真情滋养受时间磨砺的朋友。

落小左和我一样会写一些无关痛痒的文字，但她的文笔比我好，笔调也跟我迥然不同。每次看了她的文章后我都会自叹不如。她像一位笔法纯熟的大师，不紧不慢地把她的喜怒哀乐呈现在纸上。直到有一天我问她为什么会写东西。她说："跟你学的呗！"

落小左做人很潇洒，每天风风火火的样子。上午5节课，我会陪她下楼4次（幸好我们班在4楼否则早累死了）。这就意味着每个课间我都冒着迟到的危险，陪她上上下下，很壮观。途中落小左还要和那些乱七八糟的人打招呼，她人缘很好，总是在一旁告诉我，"刚刚过去的人叫×××，他（她）曾经……"她的八卦很厉害。我听后会摇摇头说："不认识啊，刚才也没注意。"

记得一次晚自习，我嗓子都快冒烟了，又没带银子。我和落小左一边下楼一边借钱。听到的不是"没带钱"就是"没零钱"。真是拖后腿，也不用奢侈到1块钱就不是钱了啊。最后我只能眼睁睁地看着那一瓶瓶清凉可口的娃哈哈向我招手。这时，落小左说："帮我把这封信给你前边的那个男生。"我接过信，就喊："那谁，谁谁，你的信，拿好！"便给他了，甚至连看他一眼都没有。接着我就后悔莫及了。我问落小左，"如果我当时说：'给我1块钱，这是你的信。'他会不会给我钱？"落小左说："肯定会啊。"后悔！我脑子怎么关键时刻就抽筋呢？这个世界太疯狂了，耗子都给猫当伴娘了。

落小左生日的时候，收到了很多礼物。我虽然什么都没有送，但她依然请我去KTV。她说，"年少，本该有爱有恨。"她是坏学生中的好学生，好学生中的坏学生。

偶尔我会跟她逃一节自习课，到操场里玩。她不深不浅地告诉我一点她的事。感觉有点像电影，充满了戏剧性。只是她只讲一点插曲，没有开头和结尾。我不需要知道她的生活，她也不需要知道我的想法；我不在意她兜里的情书，她也不在意我的张狂；我不会明白她与×××的关系，她也不明白我是否理解。看了《28颗牙痛》后，我说她是完美主义者，她说："我不是完美主义者，尽管我的生活不完美，但我也不需要完美。"

落小左和玲菲是朋友。我不知道朋友和好朋友的距离有多大，所以我说她们是朋友。她们是活在两个世界中的人，而我同两个人都是朋友，所以我是两个世界中的人。

我会用眼睛陪玲菲看星星，会用嘴巴与落小左谈完美。

我会和玲菲谎报年龄玩淘气堡，会和落小左去台球厅。

我和玲菲一起逃课会很内疚，和落小左一起会满心成就感。

我想玲菲的第二名是玩出来的，落小左的第一名是老师训出来的。

玲菲说她对落小左有种欲言又止的感觉。一个人不可能不受伤害、一直微笑，落小左就是那样。

落小左当然也会受伤而且伤痕累累，但她在做自己，有棱角的自己，只是她不表现出来，只化作犀利的文字。

如果伤心不能，那就开心吧，哪怕是伤心中的欢笑。

我问玲菲："有一天我们会不会互相忘记了彼此？"

玲菲："会的。"

我："像陌生人一样擦肩而过而无动于衷？"

她："会的。"

我："那好，如果你认出来我，不要喊我，让我忘记吧。"

她："为什么？"

我："算是一种惩罚吧。"

她："那么，你也不要和我相认了。我怕我们会互相失望。"

我和玲菲是好朋友，我们是两个人。

我和落小左是好朋友，我们又是两个人。

空间里容不下第三个，所以我们是4个人。

铁轨的尽头是远方

西 琴

一

依附在7月炙热的空气里，我们无力地趴在课桌上。教室里的风扇呼啦啦地旋转着，把焦灼潮湿的空气搅在一起，朝着猝不及防的我们迎面砸来。

"朵朵，你说远方……是什么样子？"我撇过头轻轻问道。"远方？"朵朵睁开她微闭的眼继而又皱了下眉头："……我也不知道呢……"又有大滴的汗珠顺着我的额头滑过脸颊，硬生生地砸在课桌上，发出清脆的声响。"那儿也会有没有尽头的铁轨？还有吃不完的野山楂吗？还有……"朵朵笑着用手捏我的脸："别猜了，如果我以后去了远方，我会写信告诉你的。"我若有所悟地点点头，又重新换了个姿势倒在课桌上，让汗水肆意地将我们的衣服湿了一遍又一遍。

朵朵是我们学校学习最好的学生，曾在县里数学竞赛中得过奖，荡漾在她脸上的，永远是那抹甜甜的微笑。在我眼中朵朵是个仙女，在这暗淡的岁月里，她像一只待飞的蝴蝶，她不属于这个小山村，她属于远方，属于外面的世界。

最终我们被学校管理人员撵出教室。朵朵拉着我的手冲出校门，快乐地嚷道："阑阑，快，我带你去吃山楂！"黄昏时的太阳明显收敛了许多，我们紧握的手心开始出汗，湿漉漉的也黏糊糊的。山楂树很高很大，大颗大颗的山楂红得醉人。树下的我们不由得咽着口水。这时朵朵一声不吭地踢掉那双旧凉鞋，光着脚丫，抱着树干往上爬。"朵朵，你什么时候会爬树的？"我仰头问道，语气是惊讶的。"早就会了呢！"坐在树丫上的朵朵面若桃花。就在这夏日黄昏，我和朵朵光着脚坐在树荫下，痛快地吃着她刚摘下来的野山楂。野山楂很酸，酸得我和朵朵直流眼泪，我们却一个接一个地吃，一遍又一遍地流眼泪。

落日的余晖下，铁轨泛着黑幽幽的光泽。"朵朵，你看！这铁轨的尽头就是远方。"我指着前方兴奋地大喊："朵朵，你一定会走出这个村子，走到外面的世界。你一定会的！""不，阑阑，我要和你在一起。"

朵朵终究去了远方，消失在了铁轨的尽头。

二

我依旧趴在课桌上观望着日月更替，只是那个本不应该空荡的座位，让我清醒地认识到日子开始不同起来。朵朵，为什么你走的那天都没向我道个别？走得那么仓促，那么决绝。

任课老师按着学生册上的名单点了你的名字，突然他像是意识到了什么，就慌张地开始上课了。班上静得像一片坟场，我莫名地望向他们，每个人表情都很悲伤。

朵朵，告诉我，这是怎么了？望着空着的座位，我每天都把自己浸在无限的憧憬里，期待着朵朵如仙女般从天而降，微笑着向我诉说那遥不可及的远方。

代课老师的口中再也没有听见你的名字，班上的气氛依然是死一般寂静。那空了一个多月的桌面上覆盖着一层薄薄的浮灰，我找来一块抹布，很是仔细地擦了一遍。想起去年夏天，外班的值日生不小心将一盆脏水弄湿了你的新裙子。然而你看了看裙子，笑着安慰道："没关系。"

如今，我只好一个人去厕所打水，厕所里的臭气混着消毒剂的味道，常常使我呕吐不止。我拼命想从口中掏出些什么，可除了一摊秽物，就什么都没有了。拎着满满的一桶水，我抢着胳膊一步一步地迈向教室。终于那个水桶沉闷地摔在地上，水流了一地，像娃娃哭泣的脸，又像是漫无边际的忧伤。

三

那天我轻轻地敲响了你家的门，没有人回应。我不安地搓着衣角，不经意间发现仙人掌花开得正艳。朵朵，你看仙人掌都开花了，可是……不知何时门已经打开，朵朵的妈妈面容憔悴地看着我。还没等我反应过来，眼前这个中年女人一把把我搂在怀里，任凭大把的眼泪洒在我的衣服上。

"朵朵妈。"我叫出声。不料这个女人立即直起身来，粗鲁地用手抹了把眼睛，继而更粗鲁地关上了门，大块的劣质涂漆簌簌地落在我的头上。朵朵妈，我也很想她，朵朵只是去了远方，不久以后她会回来的，一定会回来的。

我扭过脸，微笑着看着路边的野草疯长。泪水渐渐漫过眼角，眼前的路让我感到茫然，我不知所措地呆立在那里。从那以后，我再没去过你家。我怕那些旧景会勾起我深埋的落寞和忧伤。

放学时我被叫去了办公室。紧跟在班主任身后的我，很是认真地盘算着自己这几天的过失。

"阑阑，想哭就哭出来吧！"班主任的语气很镇定。我哑然无语，心里却感到莫名其妙。"我知道朵朵的死对你打击很大，我们也不愿意看到这样的结果，但是阑阑你一定要振作起来！"班主任慈祥地抚摸着我的脑袋。

我自己都没想到，班主任的手会被我狠狠地挥开，重重地砸在墙上。"老师，你胡说！朵朵只是去了远方！她没死！她没死！"我哭喊着想要证明什么，可是在他的脸上，并没有看到我所希望看到的表情。他依旧和蔼地看着我："阑阑！朵朵已经死了，她是在铁轨上被火车碾死的！这是事实！""够了！闭嘴！什么被火车碾死的？少骗人！我不允许你这样说朵朵。"此刻的我是疯狂的。办公室的门被我用力摔上，就在那一瞬间，我听见里面传来一声很深的叹息。

四

朵朵，他们说你死了，死在我们曾经玩耍的那段铁轨。怎么可能？朵朵是你亲口告诉我的，你只是去了远方。视线顺着铁轨向远处延伸，除了天地交接的那片辽阔的白，别无其他。他们还说我失忆了，说我忘记了那个无风的黄昏，忘记了你推开我的毅然决然，忘记了火车碾过的血肉横飞……

哦不，朵朵，求求你告诉他们这一切不是真的。亲爱的朵朵快点回来吧，我怕我也开始不信任自己了。

山楂又沉甸甸地挂满枝头，颗颗红得惹眼。朵朵，我也像你一样抱着树干就往上爬，为你摘下最红最可口的山楂，用最漂亮的盒子盛放在你的课桌里。我是多么希望有一天你会捧着这盒山楂，微笑着走到我面前，对我说："阑阑，你真好！"然而那一天还没到来，学校就开始放假了。我把自己反锁在屋子里，为你写下这些生硬的文字。写了无数篇，也撕了无数篇，我已经陷入了失望的深渊。

五

朵朵，我已经无法让自己不再想你了。为什么你要无情地撇下我？为什么一直杳无音讯？你不是说你会写信给我吗？难道你也在骗我？哦，对不起！我不应该这么激动的。原谅我，朵朵，对不起。

纷飞的雪花为那段铁轨披上厚重的棉被，冰雪之下，就此沉睡。白茫茫的一片天地，我捧着已经变质的野山楂，坚守在铁轨旁，等候你的归期。

为了楚悦不忧伤

敏 行

一

楚悦，你知道吗，看到你躲在洗手间里低低哭泣，我们都沉默了。

这个集体，因为你的加入而变得忧郁。你是异类，在你到来之前，我们尚不知道世上有这么多的忧虑、思念、烦恼甚至生离死别。

你的样子很简单，清汤挂面的短发，眼神漠视一切。

我们都冲你微笑，老大甚至还说了句，"欢迎新同学的到来。"但是你一句话也没说，只是自顾自地收拾东西，一遍遍地。你的东西并不多，带着青瓷花的搪瓷碗，一个小毛绒玩具——说实在的，这只兔子可真不好看，而且这个年头，谁还会用那种搪瓷碗。

我们相视一笑。无可否认，虽然我们精神上是平等的，但物质上并不平等。3个城市女孩的世界是丰富的，虽然来自不同的地方，但你却不同。

夜里，我听到被压抑的哭声，忽地从床上坐了起来。我惊动了对面的老二，她的体重大，坐起来的时候床都被晃动了，早在前几日，她就发现自己的床掉了根螺丝，每一次翻身或坐起，都会撞击墙壁发出很响的声音。

但没想到，另一张床上的你也是呼啦一下坐了起来，然后朝门口冲去。直到老大顺手扭亮床边的灯，一切才安静下来，本是一场闹剧，可是你却没有笑，你抱着肩，回到床上蒙上被子，而我就在这时，看到你的肩膀耸动了一下。

如果我没有感觉错的话，那么方才定是你在哭泣，为什么要哭呢？你比我们进校晚一些，肯定是通过其他渠道进来的，是对学校不满意吗？的确，这么小的学校，出来后可能会就业无门，但好歹也是个专科，总比没学校上的好。

我猜，或者你也如我一样，是一个心高气傲的女孩子，对现实心生不满而觉得世界也在敌视自己，可我都安静下来了，你也会安静的。我迷迷糊糊地想着，睡着了。

第二天晚上，我们却开始沉默，往日的喧闹变成了今日安安静静地看书，从来没有过的安静，这个宿舍，仿佛因你的到来，换了天空。

二

那天，老二又接到了门卫的电话要她过去拿东西。

楚悦，你不知道，这个时间是我们的节日，胖胖的老二是我们的快乐源泉。她家是这个城市的，独生女，学校在郊外，父母每个星期会送来一大包好吃的东西。都是女孩，天生就有着对零食无法抵御的偏好。

女孩子的心思真是奇怪，明明被溺爱着，却偏偏会在语言上排斥这种随手得来的爱。比如老二，把一兜东西提到宿舍里时，会习惯性地说句，"真烦，明知道我这么胖，还总是买东西给我吃，难道不知道我会更胖？"

我们大快朵颐。老大快活地招呼你一起来吃，你却安静地在床上看书，对于她的邀请，只是轻轻摇头。

不知何时，话题转到了各自的父母身上。大家都讲述着父母对自己的宠爱，各抒己见。作为吃零食时聊天的话题，甜美的糖果加上这种被关怀的感觉，屋子里弥漫着女孩们对家的思念。

但是没有想到，你扔下书，一声不响地摔门而去。

直到中午，我们才看到你在食堂出现，面前的搪瓷碗，在食堂提供的餐盘前显得格格不入，你坐在那里，对着碗里的面食，眼泪簌簌而落。我们走到你的身边，不知道说什么好，真的。

直到你抬起头，我们看到了你的眼神，楚楚可怜，老大抱住了你的肩，两个女孩就那样拥抱着，在人来人往的餐厅里，在众人奇怪的眼神下，在我们崇高的敬意中。直到后来你说，"没事，我真的没事。"

晚上，女生宿舍也会有夜谈，以前谈的帅哥话题变成了人生话题。我们说人生很长啊，真的很长，还有多少快乐在等待着我们呢。我们都是有目的的。但我们都是最蹩脚的心理医生，不但与你无法正常沟通，而且当我们的话题开始不久，就从你的床铺上听到了让我们沮丧的细细鼾声。

终于有一天，你参与了我们的话题，你只说了一句，"好好活着，就是对自己的最大尊重。"我们一下子都沉默了，片刻，宿舍里响起了掌声。

你的情绪好了很多，我们猜想，可能是我们之间相互怜惜的结果。

三

我站在图书室的转角处等人，初冬的寒风吹在脸上很冷，但是冷不过内心的委屈。我向来自负，向来高傲，而且自以为不会对任何男孩动心，但是此时我却在苦苦等待着一个男孩，他每个周四下午，会在这里打发一下午的时光，而且他是我的老乡加师兄。

我想对他说一句话，我想请他吃顿饭。

他匆匆出现在转角处时，我跟了上去，喊他的名字。

他微微怔了一下，回过头，看到我，微笑浮上了他清瘦的脸，我看到他干净修长的双手时，心莫名慌乱了一下。楚悦，我才知道，为什么你的眼波流转，为什么你会在你的秘密里将这个男子记录。

我问他，"你哪天有空儿？我请你吃饭。"

说这话时，我已是鼓起了很大勇气。我的身边匆匆走过几个熟人，我在这里等待，他们也是早就看到了的，而此时看着我，似笑非笑，每个人都仿佛能想起一个女生在寒风里苦苦等待一个男生的目的。

但这次饭局，还是给了你一个惊喜。饭桌上，我看到你不安地把双手绞来绞去，江南的菜品非常适合北方师哥的口味，他不停地赞美着菜，端起酒杯与我们，亦与你碰杯。你的眼神是低垂的，语调是温柔的，面孔却是我们从没有见过的羞涩。

直到师哥微醉，说起了自己女友的事时，你才猛然错愕。我们的表情来不及收回，就那样僵在了那里。这个问题，在此之前，我们都没有想到，作为最重要的联系人，我也没有想过在此之前问一下。

从那句之后，你一言不发。席间，师哥接到了女友的电话，匆匆离席而去，老大发狠一般举起杯子，说了句，"干。"然后一饮而尽。那可是一杯白酒啊，她从来滴酒不沾的。

服务员过来结账，我们只考虑到了这里环境好，名气大，却没想到价格的昂贵。五百多元的菜金让我们吓了一跳，最后各自把口袋里的零钱凑在了一起，在服务员有些鄙夷的眼神中我们匆匆拉着你离开了饭店。

老大喝得有点多，在风中唱起了歌。她唱《我是明星》这首歌，里面的歌词我一辈子都记得：每一个人／一样有用／自告奋勇／不约而同／有一个梦／由我启动／等待着你发自内心的笑容……

你突然就哭了，我们知道你心情不好。但没想到，你抱住我们三个，泣不成声，你说，"谢谢，谢谢。"仿佛只有这两个字，才能真正代表你的心情。

你开朗了很多，虽然没有和你心仪的师哥顺利地在一起，但我们明白，此时的爱情对你而言除了那份心动之外，还有依靠，而我们又何尝不是你的依靠呢？

四

老早就接到老二的邀请，说周末去她家里玩，一颗早就被食堂千篇一律的饭菜泡得无味的心真想去放纵一下，但是我们不能丢下你不管。只好，先推辞着，看你的情绪。

所幸你的情绪好了许多，你不再忧郁地望着窗外一想就是半天的时间，也不再抱着那只脏脏的兔子睡觉，而是把它洗干净了，摆在自己一眼就能看到的地方。于是，我们就试图问你，是否能在这个周末去老二家里做客。

没想到你答应得那么爽快。老大几乎要跳上前去抱你了。

4个女生从郊外来到位于市中心的老二家时，已是快近中午。按响门铃之后，她妈妈来开的门，我们都快乐地道阿姨好。她满脸笑容，特意问了句，"谁是楚悦？"我看到你红着脸点头。然后阿姨就把你搂在怀里，"孩子你好，我们家童童说了好几次你了，来，跟阿姨到客厅来，这里就是你的家。"

我们3个不约而同地笑了，你坐在客厅的沙发上看电视，阿姨和叔叔在厨房里忙碌，我们几个女生像最乖的孩子那样帮忙收拾东西。

吃饭时，阿姨再一次给你夹满了菜，温柔地声明，"楚悦，这里就是你的家，你随时可以到这里，叔叔阿姨都欢迎你。"于是，你又不争气地哭了。

回去的路上，你情绪很好，我们从未见过你展露出这样明媚的笑脸。阳光照在你的脸上，我发现，你真的是一个很美丽的女孩。我把这话悄悄说给你听，你的脸又红了。

晚上在宿舍里谈起这些事情，你再不似往日那样寂寞，你羡慕老二有一对那样好的父母，老二激动得从床上坐起来，伴随着床响说，"我的父母就是你的父母。"

这个时候，我们才小心翼翼地提起你的那些往事，不是揭开你的伤口，而是要你明白，有很多事情必须去面对，逃避不是办法，唯一要做到的就是直面人生，把过去和未来都坦然地展露出来，这样才能更好解脱。

你说起那些往事，我们都沉默了，我们能体会到那一瞬间天崩地裂的恐怖和过后撕心裂肺的疼痛，也能体会到那场灾难之后你从一个快乐的女孩变成了这副沉默的模样，还有，就是你从家的废墟里找到你爱若珍宝的这只碗和那只兔子，我们一样会珍惜。

你不知道，你来的第二天，辅导员就把我们3个喊去，他沉默了半天才开口，说北川的你要到我们宿舍来，5月12日那场灾难之后，你出现了一些心理问题，希望我们3个能帮你。

你知道吗，楚悦，我们都沉默了，心都有些颤抖，于是，从那天起我们就开始想，楚悦何时能不再忧伤？所幸的是，我们看到了，看到了你站在明亮的窗前浇咱们宿舍里唯一的一盆兰草，在我们的温暖下，这娇嫩的草正慢慢生长，欣欣向荣。

我们的友谊斗转星移

黄维媛

2007年至2010年

我悲伤地望着我身旁的3个女孩，透过她们晶莹的瞳孔，我清楚地看到时光簌簌地从我们紧握的指缝间流走了。我们匆匆地生长拔节，脸庞上蒙上了一层淡淡的，如小鹿初生般的茸毛。你我无能为力的是，我们长大了。

我 们 的

总会有那么一颗星球属于你，你要坚信。我们4个在那颗星球上，面朝大海，春暖花开。总会有那么一个世纪值得你流连，你要坚信。这个世纪一如欧洲的中叶，冗长而烦琐。你会是公主、皇后抑或骑士。

选择从小W开始讲起，是因为她是我们都愿意去守护的公主。小W真是一个顶好顶好的姑娘。她对于我而言，通透如琉璃。请原谅我文字的贫乏，因为她的善良很难形容。她总是可以填满我们其他3个呼呼漏风的心灵，用她的纯粹。

而小X则是一个女王般的人物，领导意识极强。和小W相比，她就是太阳，如此炙热。即使不是飞蛾，也对她的光芒趋之若鹜。她总有一种力量，一呼百应的力量。这是她的本事，也是天生的。

小Z是一个亦正亦邪的女子。在除去外表的浮华后，是一个乖巧且张扬的骑士。其实有时候她更像一把匕首，聪明如她，总能迅速找到并攻击人家

的软肋，我与她默契的如同钥匙与匙孔，默契极了。

友　谊

有这么一种力量，它会使你在茫茫人海中与一个人相遇，你会不自觉地对她或他巧笑嫣然，你们会在1秒钟后爱上彼此。世人管这叫缘分。

狗血的是，我于某一天遭遇了缘分。我先是从茫茫人海中找到了小X，而小X帮我找到了小W，小Z则是主动找上我的。剪不断理还乱的所谓缘分，把我们狠狠地绑在了一起。我低声抱怨："该死的！这友谊来得轰轰烈烈。"

我们在极短的时间内集结成了一个小集团，它像一个奇迹，哦，是如此坚固。那段时间，我们常常挽着彼此的胳膊走很远，只为吃上一根1元的冰淇淋。冰淇淋的奶味很浓，小X不大喜欢，我和小Z却是欢喜的不得了。我们可以理直气壮地用4元冰淇淋的消费换来半日的悠闲，浮生也不过如此。

我们都太了解彼此，小Z邪恶的眼神，小X细微的小动作，小W害羞的笑脸，在我看来，都是代表着迥异的符号。我们之间常开玩笑，但彼此都不会生气，矛盾更是从来没有。我们常常立足在我们自己的世界里，看着别人的友谊的沉与浮，我们的内心平和而柔软，我们可以骄傲地对别人说，看！我们的友谊多么坚固。

那时候，我常常做与她们有关的梦。梦中，有一棵很漂亮的苹果树和绵延到地平线的绿草坪。小X指挥我和小Z摘苹果，小W负责捡掉落的果实。我们围坐在一起，呼吸都是一样的味道，唇齿间满是苹果的芬芳，都快要溢出来了。树叶会投下斑驳的剪影，树上那小小的苹果花，会给我们送来一个美梦。我们枕着彼此的胳膊，很快就睡着了。我在做梦，但梦中的自己却已甜酣，我终究是醒着还是在继续另一个美梦？

斗转星移

有时候人总是分不清自己是醒着还是睡了。好像做了一个梦，突然醒了，梦中的事却记不真切了。好像睡了太久，眼前的一切都斗转星移。

而有些人却愿意永远睡着，因为他们想要继续那个梦。他们不知道即使去了，上帝也会在冥冥中安排，安排一个人，在最美的时候把你掐醒。

我们的友谊，大概属于前一类。就像一个香甜的梦，梦了太久，当我们醒来时，眼前早已人非人物非物。小W和小X手牵手远离我们了，我和小Z则留到原地。

没事的时候，我总是在想，是我和小Z推开了小W和小X，还是她们自己选择离开？又或者是我们互相掐醒了彼此。

我和小Z现在更像是一对依偎在一起的动物，我们都明白，我们只有彼此了，我们拼命汲取着对方的温暖。但我怕，也许有一天，我们会成长成两只小刺猬，在互相取暖的过程中，把身上的刺深深地嵌进对方的血肉里，从此万劫不复。

我和小Z讲过自己的忧虑。小Z听完后没有说话，却笑了，笑得寂寞横生。她摸了摸我的头，她在告诉我，无论将来怎么样，现在她都会守在我身旁。即使将来的伤害在所难免也会有一人从滚滚红尘中找到我，牵起我的手，回忆从前。

"这不是忧伤，这是悲凉大陆上一朵盛开的小小奇葩。"

依米花会开

苏萱仪

"你知道吗？依米家出事了。昨天晚上，她爸爸出车祸了，而她妈妈早就死了。她爸爸现在在医院还没醒……""早上就听说了，她爸爸昨晚在桥上开车时撞断了桥栏，人车都翻到水里了……"

这一天里，我的耳边都一直萦绕着这样的谈论。"依米""依米""依米"……大家都在说这个名字，谈论昨晚的那场车祸。而我的右手边，是一个空了快一天的座位，依米今天没有来上学，今天是星期一，谁想到一大早来教室就听到了依米家出事的消息。而我仿佛一伸手还能碰到依米，然后再问她一道我不会的数学题。

和依米坐在一起已经快半年了。

上课的铃声早就响过了，班上还是乱糟糟的，老师也不在教室。我无聊地翻着无聊的语文课本。开学第一天，一样还是不能提起我的精神，谁让这是9年级开学的第一天呢！我的成绩不怎么样，尽管我很认真。

"啪""啪""啪"走廊上响过一串脚步声，我抬头看了看门，一道蓝色的身影。她就是澹台依米。我没想到上课快30分钟了还有人进来。她是个成绩超好的学生，除了必需的交往，我和她之间就没有什么交往了。她傻傻地站在门口，看着满满一教室的人，也不知道自己该坐在哪里。

很快她看见我右边的空位子，"让一下可以吗？"甜甜的低低的声音惹人怜惜却不让我喜欢，我往前一让，她抱着她的大书包挤了进来。

我继续看我的书，就听见耳边拉书包拉链的声音，塑料包装纸的声音，我稍稍侧过头一看，是一个米白色外加粉色格子的笔袋，上面印着一个傻不拉叽的叫作米菲的兔子。我最讨厌粉色了，所以我也讨厌她那只新笔袋。

然后她从书包里摸出一把笔，接着再掏，又是一把。我的天，她是来卖笔的吧？上个学而已，她却大概带来了几十支形状、颜色不同的笔。而且，好像都还是才买的新笔，再而且，大部分都是粉色的，许多支笔的笔盖上、笔身上都有那只叫米菲的兔子。深浅不同的粉色，动作不一的兔子，在我眼前晃来晃去。

她开始往新笔袋里塞笔，笔袋不是太大，笔全塞进去了，但拉链却拉不起来。直到下课，她一直都在摆弄她的笔和笔袋。书本碰都没碰一下。我有些疑惑，班级第一就是这样学习的吗？再说，她也太笨了吧，少放几支笔进去不就拉起来了吗？

我看看她，头发斜扎着，额前是整齐的刘海，衣服上到处都是小星星，牛仔裤，板鞋，手腕上是粉色的线圈，看她认真研究笔袋的样子，蛮可爱的。

第二节课开始，她依旧在研究她的笔袋。我实在是忍不住了，一把抢过她手中的笔袋，拿出三四支笔，笔袋拉起来了。

她睁大了眼睛，奇怪地看着我。然后竟然又拉开了笔袋，将那几支被我赶出来的笔又塞了进去！

我叹了口气，再次抢过她的笔袋，重复刚才的动作，拿笔。

她再拉开笔袋，塞笔。

我再抢过笔袋。没办法，谁让我一直就是那么犟的一个人。

她再拉开笔袋……

我都快给气死了，看看她，似乎始终一副不明白的表情，也不生气的样子。

"陈思景！"班主任一声喊，"站起来，我刚才说什么了？"

我稀里糊涂站起来。拜托，我想你明明看见我不在听课，干吗还问，真是的，怎么不喊澹台依米，老师真偏心。我没法回答。"澹台依米，我刚才说什么？"我有些乐呵，我俩都坐在第一排，这样子拉扯老师想不看见也难。

"啊，你刚才说陈景思，站起来，我刚才说什么？"

天！怎么会有这样子的人？果然，让班上哄笑声一片。

连班主任都做出了哭笑不得的表情，"我是问之前我说了一个什么知识点。"

"哦，是'海伦—秦九韶公式'。"

她竟然还知道老师在说什么，这下我真快晕过去了。不会是瞎蒙的吧？

"很好，你俩都坐下来，以后上课要注意听讲。"

看来班主任心情还不错。

下课，我一侧头，依米怎么还在摆弄那笔袋啊？

"喂，你怎么会知道老师在说什么？"我问她。

"因为我听见了啊。"她终于放下了手中的笔袋。

"那我怎么没听见啊？"

"我不知道。"

拜托，她的理解能力好像有问题，我再瞅一下笔袋，竟然奇迹般地拉上了，只是紧绷绷的，这样子迟早会胀裂开的！

"你为什么不让我拿几支笔出来？这样就可以拉上了。"我还是很好奇。

她眼睛亮亮地看着我，微笑起来，看上去漂亮又可爱。

"因为每一支笔都不愿意离开笔袋。"说完这句话，她的表情变得忧伤，不再说话。而我开始感叹她说了一句多诗意的话。怪不得人家每次语文都考第一。

依米的笔袋买了好几天了，可她依然兴趣不减，整天都把笔袋拿在手里，看来看去的，神情像极了小孩子在剥棒棒糖，也不说话。

我原先给依米做的评价是四个字：活泼可爱。

现在才发现，她只是可爱，却一点儿也不活泼。

话实在是很少，如果不是我找她说话，她基本不说话，现在我明白依米的人缘为什么不太好了。按理说她长得漂亮成绩又好，应该是很受欢迎的。

下课了，我跟后桌的几个女生一起聊天。

"依米怎么这么安静。也不和人玩。"我嘀咕道。

"你不知道吗？她没有妈妈，这样子很正常的。"一个女生低低地说。

"啊，那我们可以带她一起玩啊。"我有些同情，想起她说"笔不愿意离开笔袋"时的忧伤。

"算了吧，她永远都沉浸在自己的世界。就算在一起，她也总是不说话，一个人在想什么，以前我们试过的。"

"是的呀！""没错。""其实她这样也不好。"几个女生点点头道。

我转过身来，看着依米孤单单地趴在桌子上，手里还是抓着那个笔袋不放。我感到很悲哀。

"依米，这道题你做了吗？"我指着练习册上的一道题问依米。

"啊，这本书我都没买呢，不过我今天晚上会买，哪一题啊？"

我把书递过去，然后又递了张草稿纸给她。

两分钟不到题目搞定。草稿纸上只有几小行算式。

"你一步一步看，会看懂的，我写得很具体。"依米放下铅笔。

拜托，就这么几步式子还叫具体，不过我一看，还真看懂了。

接下来好几次都是这样，要不就是放学了她带回家做，第二天把答案给我。我现在倒是明白为什么人家不怎么学也能考第一了，聪明啊！

一堂英语课，老师发考试答题卷。看着依米全班第二的英语成绩我只能望而兴叹。"依米，你到底是怎么学习的？"我一定要打探到。

"没怎么学。"

我撇撇嘴，好学生啊！永远都不会告诉别人自己是怎样学习的。

"只是要做完老师布置的作业，顺便再自己找点好的练习做。"依米又补充道。

"那你做完了吗？"

"呵呵。"依米不好意思地笑了起来，"当然没。我只把英语老师布置的做完了。其他的科目我一本都做不完，明确说是只做了英语、数学、物理的练习册。而且数学、物理的练习册每学期都不能坚持做完。更别说做自己买的练习册了。"

听依米第一次说这么长的一段话，我有些吃惊，但很高兴。

依米说的是真的，我就看过她做作业。

那是一堂体育课，我们待在班级里写作业。依米一会儿喝水，一会儿画画，再不就擦擦汗。我做了两页纸后看看依米的练习册，只做了我几天前就做了的一道选择题。一堂课，只做了一道数学选择题。

第二节课是数学，我们继续做习题。因为有老师在看着，依米还动了几次笔。下课我一看，一堂课，只做了一道数学选择题。

最后一节课老师要开会，我们还是做题。我批评依米不认真做作业，依米决定多做几题。结果，由于最后一堂课没老师看，依米一道题都没做下来。

依米最厉害的是语文，她上了两年多课，基本没做过作业，笔记也基本只是第一、第二课记了，后面的就坚持不下来了。可她一样考第一。

在我的努力下，我觉得依米的话似乎多了一点儿。或许我应该考虑评价她用四个字了："活泼可爱"。

可是有一天，我翻依米的英语笔记本，一不小心就看到这样的一篇文字：

我听见它在歌唱

现在

我的心又不可抑制地疼了起来

这是真的

就像我充满绝望地抱住食人花一样

现在

会不会太过敏感了呢

就连抱住大丽花

也会同时拥有满心的希望与满怀的心碎

太阳带领向日葵

向日葵才有了使命有了饱含生命意义的追随

而直到这一刻吧

10时19分48秒

我却还拥抱着无可救药的惶恐

就连一如既往的冲动

也一直找不到内心坚定的希冀和力量

或许就该会像飘零的牡丹

大红色的鲜艳的牡丹

带着决绝和泪水

一起走向看不见光的深渊

那个时候

我也许还会真正听到寂寞歌唱的声音

从此以后就不再寂寞

依米，一定是一个寂寞了许久的女生吧。那篇文字落款的日期就是前几天，看来，快乐对她来说真的不是一两天就可以做到的事情。

我放下笔记本，只是想静静地看着依米。她的声音依旧是低低的甜甜的，让人更多感到可爱，而不是孤单；她的衣服和饰品也是鲜艳的颜色，让人联想不到寂寞；她的表情时常带着忧伤，却从来看不见空洞。

我渐渐明白，依米的世界虽不是百无聊赖的黑白，却是带着鲜红热烈的疼痛。她困在自己偌大的城堡里自得其乐，却又总是没有安全感。

哎，依米，我该怎样做？

就在我还没有想出该怎样做的时候，依米就遇到了更大的事故，就发生在昨晚。依米不会就这样离开了吧，我再次把目光投在依米的座位上。心揪揪地想着她。

我和陈思景与依米在一起，从开始的不喜欢她，讨厌她的粉色物品，到和她相处得不错，再到想温暖她，让她快乐。还有现在，我的心里不知道有多么心疼。我的依米，你还好吧。

我一直羡慕依米的名字好听，直到我上网百度了"依米"这两个字，才明白依米的来历。

我写了一张纸的话，放在了依米的抽屉里。我想依米很快就会回学校，会看到的。

我写："依米花，是生长在茫茫非洲大戈壁滩上的一种小花。一朵小依米花的开放需要6年时间。前5年的时间里依米花要拼尽全力地扎根，5年后她才可以钻出茫茫大漠，长出绿叶，半个月后，她会开出花儿。花期很短，但却那么的美，4种颜色的花瓣，让6年的期盼有了意义。尽管花期那样短，但却因为努力给生命中唯有一次的绽放增添了绚丽，依米，你的绽放远不止一次。你要努力，不管多么艰辛，因为你叫作依米，请相信，依米花会开……"

在有你的天空中多赖一会儿

萱梦缘风

　　轻轻地挂上话筒，泪水在不知不觉中涌出。还是不行啊！你要的坚强，还是做不到。是我矫情，还是真的脆弱？不顾长时间的跪坐所带来的麻木，冰冷的双脚套上鞋拖向阳台爬去。

　　楼梯的扶手在我的按压下有些轻颤，似乎也在宣告着它的沧桑。终于到了，凉风那样肆意地灌入我的衣袖，我只抬头仰望那蔚蓝如洗的天空，去想你。

　　我还记得，彼时的11月因为有你的陪伴而倍感温暖，可我始终不懂那飘在你脸上如薄雾般的悲伤，傻傻地认为会过去，但你说的星星似乎不愿意。清晰地记得，那天你仰望同是蔚蓝的天空，发出的声音也同样忧郁："惠，看见了吗？"我不解地摇头。你缓缓指向天空，"满天的星星啊！"我怔住后大笑，问你是不是中少女漫画的"幻想毒"太深。你静默，我只好抬头去寻找那白日里的星星。好一会儿，我看到的只有白白的云。你幽幽地说："星星总是躲在云朵后，不住地哭泣。"我不懂，也许是童话吧！"星星在夜晚里是不愿暴露出自己的悲伤，所以它们只好在骤亮的白日里，洒下颗颗看不见的泪滴。直到再也忍不住，一颗流星便会滑落，而后消失。流星之所以罕见，是因为她们必须放弃生命才能获得一生仅有一次的痛快发泄。"我拼命地摇头。不，不是这样的，我心目中的星星，那样幸福，可爱，那样善解人意。

　　你低下头，音调却还是那般倔强，"星星之所以悲伤，因为她们就是由每个女孩的泪水凝结而成的。我想我的星星，即将变成流星，而后，消失不见。"长长的睫毛覆盖住你的眼睛，也因此我看不到你的神情，我的不安感愈发强烈。

　　遗憾的是，到今天，我还是没有悟透你的故事，即便此时的我也如

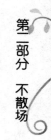

063

第二部分　不散场

此悲伤，却还是找不到满天星，就像找不到，那个会给我讲星星童话的你。

电话里银的声音徘徊、萦绕在耳边，怎么也挥不去。"惠，慕慕走了。她走前要我对你说，不准哭，不准，要坚强……"我不知道自己是如何结束通话的，又好像早已预料到般，回过头去，却又不知道你的离开意味着什么。很累，很累，找不到任何东西来支撑身体。多想飘到空中，去寻找属于你的那颗星星，然后牵起手不分离。云朵儿快带我走，可为什么抓住你那么不容易。掌心空空如也，像你给我的永远在一起的誓言，不复存在。抹掉那酸涩的液体，强迫自己微笑，不是你说的吗？坚强，不哭泣。想起一句好喜欢的话：坚强不是心变硬，是泪在打转还能笑。好想笑着说，恨你！

10天后，收到你的来信。浪漫的粉红加上淡淡的薰衣草香，像你还在我身边，给我温馨。清秀的字体一个一个地映入眼帘，像枚枚悲伤的小精灵。再也忍不住，久违的泪水在脸庞上疯狂蔓延，心疼得不可开交，而后在疲乏中缓缓睡去。慕慕，你说我会不会就这样，永远永远地睡去？

天黑了，夜风拂动着我的衣发，也拂动着你给我的信。纸角飘扬着，见证风来过的痕迹。

"惠，当你收到这封信时，我已离开了，也许化作了流星。无法亲口对你说再见，况且我们也无法再见。去年10月，我就知道自己被宣告坠落。因为不愿和你分离，就死赖在天空中。尽管我还是必须向离开一步步走近。每欲开口告诉你，你的微笑让我不忍。跟你说自己是哭泣的星星，你那木鱼脑袋又悟不出端倪。所以只能在坠落之前，悄悄地离开你。恨，总比爱容易。但银却告诉了我你的改变，你微笑里的伪装。只好重新选择告诉你，想你做一颗没有悲伤的星星，永远快乐，永远开心。

惠，我们从小在一起，没有谁比我了解你。同样的，我明白自己在你心中的重要性。可这是天意，我的离开，又或是让你一个人更好地走下去。

惠，我忘了告诉你，流星划过天空，可以替自己许下一个愿望，而我的愿望，就是你。你开始长大，沉稳，学会真正的坚强。无论发生什么，都有能力去承担。然后笑着对自己说，我的明天在前方，我的未来不哭泣。

亲爱的惠，站起来，而后带着我的那一份，尽情地在空中闪烁，那样美丽……爱你的慕慕。"

　　不知什么时候，月亮藏起来了，太阳升起。阳光柔柔地透过窗户。我抬头看向天空，终于看到了你说的满天星。它们朝着我微笑，我挥挥手致意。

　　刹那间，一束耀眼的光芒射入眼角，俯下头，哭过的泪水洒在桌上，不知何时变得那样夺目，好像是因为，里面融入了一颗流星……

第三部分

梦不落

谁不想永远做个孩子，永远有可口的饭菜，永远无忧无虑，永远不用担心未来。只是长大了，就该有一份担当，就该承担自己的责任。

——黎小凉《珍惜是对青春最好的挽留》

春未逝，夏已至

武文娟

一

春天的时候，蓝总是说，"小忆，你怎么不动心呢？"

忽然，一阵风吹过，拂过脸庞时，小忆才发现不知何时风中已悄悄多了几许暖意。她放下手中正跳跃着蓝色圆舞曲的笔，微微侧仰起头，一方苍穹便落入她的眼中。

小忆从教室的窗户朝外望去，她们的教室在5楼，挺高的位置，每天爬上爬下地累得够呛，还要和上课铃声赛跑。蓝在被折磨了两个星期之后，经过一番深思熟虑，终于惊呼："我终于知道学校为什么把我们安在这么高的地方了！""为什么？""那个校长知道我们这帮初三的家伙每天家——学校两点一线，严重缺少体育锻炼，所以想出这么个破主意来强迫我们可爱的同胞们运动啊——"不愧是蓝，能领悟出学校如此的居心，实在难得，值得嘉奖。小忆和蓝调侃，拍拍她的肩膀说："好好努力吧，还有10个月，就不用爬这个楼梯了。"然后两个人一起憧憬不用每天拼了命地爬楼梯的日子，等中考结束了一定要狠狠地踹这楼梯几脚。

这应该还是去年夏天刚开学没多久的事情吧。8月酷暑，初三的孩子们就得坐在教室里面对10个月之后的中考了。小忆眯着眼睛，扬起头打量教室门前的牌子。那时候中考还遥远得无边无际，尽管老师早就做了中考的动员工作，几乎每天一番的慷慨激昂让许多尖子生都摩拳擦掌。可小忆她们还是认为自己有很多时间的，不是吗？但现在不一样了，春节一过，来不及抱怨极为短暂的寒假——包括丝毫不减的作业，小忆就必须投入到中考前短短几个月的紧张备考中，中考近得连脚步声都能听见了啊。

无知无觉，春已至。

万物复苏，草长莺飞。小忆上学的路上是要经过一条河的，河畔的垂柳在春风的撩拨下垂下了千条万条的绿丝绦，远远望去仿佛笼上了一层若有若无的绿烟，有一种迷人的气息。学校里——小忆她们学校是一所近百年的老校了，到处可见参天的梧桐，郁郁葱葱的水杉木，还有一些叫不上名字的各种各样的植物，花花草草五颜六色的，以及从早到晚声声不息的婉转鸟鸣。这就使得校园里的春天格外动人，这也是小忆喜欢这所学校的一个重要的原因，当然学校本身响当当的名气也吸引了不少学子。从踏进校门的那一刻起，小忆就告诉自己，3年后，一定要考上这所学校的高中部。这个梦想，正是无数人中考奋力追逐的目标。

宽敞的大教室，还有很好的窗户——这样说是因为小忆从教室的窗户朝外望去，就能看到学校的花园、池塘、草坪、操场，小小的窗户可以看见很多很美丽的风景，尤其在春天，窗外的老槐树开出一串串洁白的风铃似的花朵，调皮的春风把清香送到正在上课的小忆的鼻子里，难怪有人说春天不是读书天啊！

这样的良辰美景，蓝说，小忆，你怎么不动心呢？

二

或者，蓝眉飞色舞地问："小忆同学，请问芳龄几何？"

小忆瞪她一眼："免芳，16岁。"

"哦——原来小生面前亭亭玉立的竟是位二八娇人啊，春风啊吹啊吹，你是否感觉到自己的一颗芳心正在萌动呢——"蓝又开始了她的调侃。小忆知道，蓝只是变着法子问，小忆，你怎么不动心呢？蓝有一个很喜欢她的男生，16岁的爱情，也许不会长久，但一定够甜蜜。所以她总是为小忆的幸福着急。她常常轻轻地揉着小忆的头发，说："这么快啊，已经很长了。"

小忆不知道应该怎么回答蓝的问题，就转过身去，假装看向操场，眼里却是同桌易铭正在操场上拼命摔打着篮球的身影。不由自主地，想起曾经悄悄跟在一个男孩子身后，看金色的阳光在他的头上染出一缕缕的灿烂。我怎么知道自己为什么不动心呢？真的，很久了，没有那种温柔的心动的感觉，也许是每天繁重冗杂的功课让小忆忙得几乎要虚脱，无情地挤占着时间与空间，所有的悲欢离合，所有的花开花落都不得不蜷缩在心底。从前的朋友，除了蓝，差不多都渐渐疏远了。每天行色匆匆，即使遇到从前的朋友也只是轻轻点一下头，算是打招呼，甚至像陌生人一般擦肩而过，真的成了最熟悉的陌生人了吗？心里有隐隐的失落与痛，为什么会变成这样子呢，仅仅因为自己上了初三吗，仅仅因为即将到来的中考吗？事实上，小忆觉得自己连悲伤的时间都不多了，只好把它们统统放在心里的某个角落，盖满灰尘，不忍也无暇去翻动。这大概就是初三的代价吧，其中的苦涩，谁又能体会？还好身边有蓝一直陪着。小忆觉得，自己的心平静得一丝波澜都没有。这样也好吧，没有心动，也就不会有很多的烦恼和无缘无故的悲伤了，日子平淡得像一杯白开水，难怪蓝说自己安静得像一朵茉莉，对男生一向冷冷淡淡。"反正我一直是这样的啊，你也知道的。"小忆轻描淡写，不是和男生说话就会脸红，也不是清高，只是不知说什么。

上课的时候，易铭问："小忆，你打算——什么时候谈恋爱啊？"小忆记起蓝告诉过自己，易铭正在追班上的一个女孩。小忆一直是个乖乖女，如果是从前，她一定会惊慌失措地搪塞说："老师说中学生不准谈恋爱的。"是自己从来没有考虑过这个问题吗？不，她立刻否定了自己的想法。有哪个16岁的女孩子没有憧憬过恋爱的滋味呢，这样的感觉有点儿甜蜜，还有点儿青涩吧。她不知道易铭为什么突然会问她这个问题，平时他们很少讲话的。难道他情场失意找自己开玩笑？小忆习惯性地摇了摇头，却又下意识地脱口而出："等遇到我喜欢的人，或者喜欢我的人啊。"天知道，这是小忆长这么大第一次在男生面前说"喜欢"两个字，尽管她的声音很小，也不知道易铭有没有听见。可心里还是有一点儿小小的紧张、忐忑。今天怎么啦？

三

初夏的阳光掺和着知了的鸣叫，一齐袭向小忆。小忆一个人在刺眼的阳光下跑啊跑啊，却分明感到有冰凉的水滑过脸颊，迷糊了双眼，她想去用手擦，就一下子又从那个奔跑的世界中回来了。睁开眼，时钟静静地指向两点半。小忆愣在那里，迟疑了一会儿，偏过头去看窗外，阳光铺天盖地地洒进屋子里，蓝得发白的天空中偶有几丝絮絮的云彩。很好的天气，没有水也没有风，她这才相信刚刚仅是个梦，一个有点儿令人恍惚的午梦。可梦中的小忆，为什么要一直一直地奔跑呢，于是觉得生活中的自己也好累好累，明明近在眼前的中考变得有些遥远，有些模糊……

彻底清醒过来时，她才猛然意识到已经过了上课的时间了，也就是说，今天下午自己要迟到了。小忆自己都被自己的平静吓了一跳，迟到了——没关系吗？如果是平时的话，她应该慌慌张张地赶去学校吧，然后低着头，涨红了脸小声地喊"报告"。蓝总是说，小忆你是个乖孩子，好学生。可是今天，怎么啦——小忆只觉得那阳光明晃晃地驱赶着心里的潮湿，很舒服很懒散的感觉。她甚至有些厌倦了学校里那些写也写不完的试卷，一摞一摞堆得高过脑袋的书，真的有些怕了。第一节课是政治课，小忆最不喜欢的课，忽然决定要逃课。决定下来了，剩下的时间就显得绰绰有余了。小忆从容地收拾好东西，自从上了初三以来就很难拥有这么悠闲的午后了。走在路上，面对行色匆匆的路人，她甚至有一种奇怪的感觉——我们这么累，到底是为了什么？中考吗？

路边有一个穿着红裙子的小女孩站在一架冰淇淋机旁，手里举着一枚在阳光下闪闪发亮的硬币，一遍遍地重复说："阿姨，我想要一支冰淇淋。"小忆停下脚步，走过去，冲那个小女孩友好地笑了笑，然后也摸出一枚硬币——请给我也拿一支。好像已经很久没有吃过冰淇淋了吧。胖胖的老板娘递给小忆一支粉红色与乳白色相间的冰淇淋。看上去很诱人的样子啊，应该是草莓与牛奶的混合口味吧。小忆这么猜着，像个孩子一样伸出舌头美滋滋地舔着，今年夏天的第一支冰淇淋呢，没想到是自己买给自己的。

这一天真是出奇的顺利，那个胖胖的政治老师居然没过后找小忆去办公室，只是让课代表告诉小忆，有什么不懂的地方一定要补上。小忆翻开乏味的政治书，却惊讶地看见书里夹着一张纸，工工整整的是上课的笔记。那样的字迹，不用猜，因为——如此熟悉。

四

小忆穿了那件白色的裙子，款式很简单，嵌着咖啡色的点缀，还有一层层飞扬的裙摆，有如糖果般甜美。这些都是小忆所钟爱的。她在镜子前转了一个圈，呵呵，自己看上去怎么像个孩子。用蓝的话说，自己不管什么时候都清纯得一塌糊涂，出淤泥而不染啊。心情竟出奇的好。

"哎，小忆——"刚走到楼梯口，蓝就远远地冲小忆招手，然后快步奔到她面前，一把搂住小忆，两个人亲密地走上楼去。老师还没到，教室里吵吵嚷嚷的，小忆静静地走到自己的座位旁，看见易铭已经到了，他正在低头翻书包，没有看见小忆。小忆张了张嘴，犹豫了几秒钟，却一下子突发奇想，伸出手在易铭的桌上轻轻地叩了三下。一、二、三，然后她就看见易铭慢慢抬起头来，好像愣了一下，随即又换上了他那招牌式的嬉皮笑脸的模样："哦，小忆今天有点特别啊。"小忆没讲话，只是回到座位上，拿出语文书低声念起来。

夏至未至，中考倒计时牌上的数字一天天地减少，减少，鲜红的色彩却仿佛火焰一般灼伤了小忆的眼睛，又像一根无形的刺，深深地扎在小忆心里边。说来也奇怪，中考倒计时100天时的百日誓师大会还仿佛就发生在昨天，一眨眼眼前的数字却清清楚楚地告诉自己剩下的日子已少得可怜。小忆低下头，去背那些已背了无数遍却总是遗忘的古文，这些东西几乎要让她的心里长出青苔来了。她不知道别人怎样，至少看上去易铭还是那样的不严肃的表情，蓝上课时还总是走神，站起来一脸的茫然……她轻轻地叹了口气，最近总是莫名的烦躁。"小忆你没事叹什么气啊？"小忆下意识地转过头，没想到那声叹气竟被易铭给听见了，自己还以为他在和后面的男生比赛背名句呢。

"你怎么听见的，我以为你在专心——"

"只恐双溪舴艋舟，载不动许多愁。我也以为你在背书啊，莫名其妙地为什么叹气啊。"

"嗯——"该和他说什么啊？小忆的老毛病又来了，她觉得自己有好多的话要讲，可最后还是无奈地摇了摇头，"没什么。"忽然想起蓝从小总是批评自己，"傻丫头，你怎么和男生讲话时老摇头不吭声啊，当心以后没有男生睬你。"

　　无意中抬起头，看见中考倒计时牌上的数字"2"不知被谁画成了一只小鸭子，好可爱的，小忆就忍不住微微笑了一下，窗外的天空如此湛蓝。初三，即将结束。初中生涯，即将消逝。春天之后，夏日之前，我们都必须迎接6月的中考。小忆看见金色的阳光在易铭的头发上跳着优美的华尔兹，梦里，开始落下了这个夏天的第一场雨。

感谢上帝，我还拥有一只眼睛

安 琪

是歌曲太过悲怆，还是歌词太过感伤？自己喜欢的歌，怎么听着，就哭了呢？

一个人，痴痴地看着夜空发呆，不经意的那么一瞬间，眼泪就猝不及防地滑过脸颊，成了一道透明的伤痕。

"小琪最近的状态越来越不好了，她太在意自己的眼睛了，真不知道我们的小琪以后该如何生活，我们的小琪还很小啊……"这是午夜小琪起床到客厅喝水时，从爸爸妈妈房间传出的对话。小琪轻轻地放下水杯，回到卧室。在关上门的那一刻，泪水无止境地溢出双眼，小琪抱着自己的身体，蜷缩在床边，内心感到了无边的孤寂……

小琪是一个不幸的女孩。她只有一只眼睛可以看得到阳光。小琪的右眼失明不是先天的，对于小琪来说，那是一个打击，更是一个灾难的开始。

那是一个烦闷的夏天。小琪的妈妈带着小琪去超市，过马路时，小琪只顾着手中的冰淇淋，却不知道灾难正朝着她逼近……一辆大卡车，对于小琪来说，那是一个魔鬼，它疯狂地冲向小琪……世界仿佛停止了呼吸，只是那个魔鬼并没有空手而归，它终究还是带走了小琪的右眼，掠夺了属于小琪的光明。

站在路边的小琪的妈妈目睹了这场悲剧的全部过程，晕厥了，她恨自己为什么不替小琪接受这场灾难，她恨自己没有紧牵着小琪的手。事实是残酷的，它不管你哭天喊地。也许，此刻的它，还笑呵呵地炫耀自己的壮举呢！

医院，这时于小琪是一个多么熟悉的名词啊！在医院里，小琪度过了她6岁的儿童节，有鲜花，有巧克力，有布娃娃……可是，没有笑容。"小琪，儿童节快乐呀！"来医院看望小琪的长辈都这样说。可是，"儿童节快乐"就可以真的快乐吗？小琪很疑惑。

小琪在医院住了半年，接到的是一张白纸黑字的诊断报告，上面清清楚楚地写着："报告结果：右眼球无亮度，为失明症状。"右眼失明了，那意味着什么呢？

幸福的家庭已无往日的欢声笑语。爸爸妈妈脸上滋生了哀愁，他们开始为小琪的未来担忧了。而小琪，一个6岁孩子无忧无虑的生活并没有因此而停止。小琪还没懂得自己发生了什么本质上的变化，只是偶尔感觉右眼隐隐作痛……

"小丑八怪，我们不和你玩，丑死了，小怪兽……"刚进幼儿园的小琪开始遭到了同龄小伙伴的排斥。她哭着要妈妈带她回家，她的身体在发抖，她开始害怕了……

从那以后，妈妈再也没有让小琪回到幼儿园。小琪的爸爸妈妈商量着，等小琪大一点儿的时候再直接让她上小学。

"大骗子，以后再也不和你们玩了……"小琪大声地哭泣着，那一双娇小的手捶打着床，她把所有的布娃娃都扔在地上，打翻了桌上的杯具……"我是怪兽吗？如果是，那我为什么没有特异功能？如果不是，那我又是什么呢？"12岁的小琪开始把所有的秘密都锁进了日记里，同时，她把那颗还在跳动的心也尘封在过去的回忆里。

随着年龄的不断增长，小琪逐渐明白，原来自己是一只不具有任何特异功能的怪兽，我是怪兽！从此，小琪回避着别人讽刺的语言以及不屑的表情。13岁的小琪，已开始步入初中，然而，小琪面对的压力越来越大，那种感觉让小琪感到厌倦……

"你看，看那个人的眼睛……哇，好难看呀……"每次走在街上的小琪都会招来一些让人窒息的评论，更有甚者，不断指着小琪，继而发出笑声，嘲笑声……对于这类举动，小琪已学会了心痛以外的冷漠。小琪进入初中后，就再也没有在任何人面前哭了，因为小琪不想得到别人的同情。"我讨厌那种歧视的眼神，更厌恶那种怜悯之下的施舍。"这句话曾无数次出现在小琪的日记本里。

你是夏天里的灰色蝴蝶，该去寻找属于你的阳光了！这是初二时，语文老师对小琪说的。小琪没有回应任何话语，只是笑了笑。那笑里有多少辛酸，有谁懂呢？

当朋儿悄悄来到小琪身边时，小琪躲在床角边，又一次哭了……小琪感觉自己的心就像被无数细针刺到似的，那么的孤单，那么的疼痛。小琪在这深夜里，把白天所受的种种委屈都发泄了……"为什么？为什么我不是双目失明，为什么还要让我有一只眼睛看这个极端丑恶的世界啊！"小琪不断地在心里喊着，叫着。小琪讨厌照镜子，她讨厌看到镜中的自己有多么残缺不全，宛如一只失去翅膀的小鸟，飞不起来，失去了方向，开始了没终点的落寞。

"不行。你一定得上高中。"当小琪提出要报考幼师时，妈妈断然拒绝。"现在的公司，招聘的都是要五官端正，有学历……""够了，那残缺不全的人就注定被唾弃吗？"小琪几乎是喊出来的。回到房间，小琪又一次红了眼睛，因为眼睛，她又一次坠入地狱。

小琪曾想过用死来解决这一切，小琪心里恨恨地想着，下辈子，下辈子我一定要拥有一双大大的漂亮的眼睛。但是小琪终究没有对此想法付诸行动，也许是因为她不知道该用何种方法才能死得更痛快……这就是一个16岁女孩的想法，那是一个对生活绝望的孩子啊！有谁曾想过给她一个温暖的微笑呢？

上了高中，小琪决定改变自己。小琪在心里暗暗为自己打气："我会向所有的人证明，一个只有一只眼睛的女孩是可以勇敢面对明天的，即使我拥有的是一个残缺的身躯，我也将用我纯洁的灵魂去征服阳光。即使我有一只没有视野的眼睛，我也会活得更棒！"

生活也许是黑白的，但是我会用心去描绘生命的色彩。我相信，美丽的风景是由自己去勾勒的。小琪在心里默默地下决心。

小琪的故事是真的，因为我就是小琪，我是一个不幸的幸运女孩。我知道，我的人生，我就是主角，我就是主宰。

感谢上帝，我还拥有一只眼睛！

年华里，我们失却的是一种心情

Away

我是一个披着狼皮的狐，在空寂的旷野里，扯着嗓子哀号。但我的本质只是一只狐，所以吼出的声音成了哀婉的嘶叫。

桌上成堆的考试卷和练习又乱成了整理不清的状态，明明昨天刚整理过。把新发的试卷塞进抽屉，又是漫漫无边的一天。

上午的几个小时我做了两件事，看书以及用借来的MP4看七堇年的文章。不想再让耳膜被各种音调和音色的声音刺激。不想再一刻不停地从非谓语动词潜到数列求和再淹没在浓盐酸浓硫酸的溶液中。坐在自己的世界里，只想深呼吸几口气。

七堇年写道：我想去相信某个人，非常想。

我写下：我也想再相信自己，非常想，可是我不能。

我抄下几十部电影的名字，想着什么时候一定要都看一遍，但肯定不会是现在。因为，在高三，你必须靠舍弃掉一些什么去换得另外的一些什么，而现在，一切再正常不过的事，一切再正常不过的情绪和想法都可能被刻上颓废、没落的烙印。我还不想被他人看成反叛或没落者而自找麻烦招来眼光的特殊对待，所以，我要学乖，学会隐藏。

隐藏起梦想和欲望，隐藏起棱角和不羁，你就是个好学生了。

我想起那次去学校附近的沙县买拌面，遇到高一同学，问我月考考得如何，一时语塞，尴尬地回了句很烂，他用半开玩笑的语气回我怎么会，高一时你还考过我们班第一呢。

幸好面打包好了，我提着面落荒而逃。

我知道他本无心，只是现在的我，要怎样才敢提起现在的成绩，要怎样去实现那些本就遥远，而现在更是遥不可及的梦想。

昨天晚上，看《被窝是青春的坟墓》的时候，看到董年写她的或在清华北大，或在香港国外的同学。我找了张纸，将那段抄了下来，是嫉妒，亦是羡慕。

想到那些辛苦下载的《黑执事》，却因为程序不对被我全删了。有不舍，有痛惜，可依然删了。

又有多少来不及实现的梦想因为太遥远被我毫不犹豫地删了？以怎样无奈的动作，以怎样的无所不及的心情？

我该以怎样的笑容和姿势去哀悼那些夭折的曾经？

以怎样的决心和勇气去面对未知的将来？

现在的我已不想再扮酷耍帅，并非要回归女生的样子，而是回归于平静。

于是我会开始穿被同学形容为可爱或幼稚的衣服，不再刻意表现自己的特立独行；会一个人安静地看书、睡觉、听课；会一个人安静地回家，会一个人安静地在体育课上看男生打篮球。

只是我不知道这是一种宁静安定还是一种厌倦落寞。我只知道人在累的时候便会舍弃掉一些需要花费力气去干的事。我只知道，那些在乒乓球桌上挥洒汗水的下午，那些说说笑笑的旧时光只会是回忆的背景了。

七董年说：年华里，我们失却的是一种心情。

晚上回到家，我爸不会放过任何一秒对我长篇大论的机会。

他坐在大厅，我在自己房间。他问我最近有没有考试，得到肯定的答复后又问我考得如何，我不想说话，只硬生生地回了句很差，他有点儿不悦，差到什么程度啊！我不耐烦地说四百多分，客厅里突然静了几秒。我不想来解释这是一次省里的很难的考试，解释就是掩饰，道理我并非不懂。

我拿出衣服去洗澡，他说你自己有没有分析一下为什么考成这样。见我不说话，他又说其实我也不想说你。我没像平常一样听他滔滔不绝地说着那些他"其实不想说"的话，冷冷地打断，那就不要说啊！他没想到我会这样说，愣住了，然后进了房间，我看不到他的面部表情只听到那关门声，像一声沉重的叹息。

我蹲在浴室里，不知怎么的眼睛突然湿了，但肯定不是眼泪，十几年来的考试从没赚过我的眼泪，这次也不允许有意外。

我不能恨他，因为他是我爸，因为他也不容易。

我不能恨任何人，因为周杰伦在忘情地唱着《稻香》，他告诉我每个人都过得不容易。

我只是恨自己，天天想着把日子过得舒舒服服有滋有味的，生活有这么容易让人得逞吗？

可是恨自己又有什么用？该得到的尚未得到，该面临的仍是要面临。

既然，生活注定了会有磨难，那么，就只有记住史铁生说的：孩子，那是你的罪孽，亦是你的福祉。

青春，我们复读吧

水　银

是人渣，但不是败类

中考。恶性循环。

倒计时29天。黧黑的底色肆意弥漫，泛滥成灾。

素质教育，其实倒是"数字"教育吧。没个分数你什么都不是。

Ioro随手把"希特勒"扔了过来。"希特勒"是我们上课聊天八卦专门用的本子，掩人耳目。厚厚的，从相识到现在，见证我们这一对姐妹花走过的痕迹。

080

Ioro说，"小青，人活着，为什么活着呢？"

我忽然想起几日前我发表在空间里的心情，说的是："面朝大海，支离破碎。我们要好好地活着，不是因为有人说，我们会死很久，而是为了安静地，等死。"

才刚发表就有个"谁的某只"回复了一些不知所云的东西。我也出于无聊的礼貌回复了他不知所云的东西。

后来他说，"什么事非要死才能解决呢？你不为你自己想想也要为那些爱你的人想想，有什么事说来听听嘛！"

我满口的汽水差点没当场喷在电脑上。天哪，我只是发表个感想又不是遗嘱。这世道的人真天真啊。

于是我说，"鬼扯到哪儿去了，我又没说我要去死。我还有很多梦想没实现，还没有交男朋友，还没有美丽的邂逅……"

他半晌没动静。估计那谁谁谁的在那边一时反应不过来歇菜了。好心的废话都白搭了。

想起来就好笑。我这么年轻还舍不得死。不过中考成绩下来就得拿面条上吊去了。

我用可爱的丸子体刷刷刷地写下，"为了被爱的，及所爱的。"

呀，我活的真潇洒。这就够了。

生活，浑浑噩噩。我和Ioro一样，不追名逐利，不愤世嫉俗。平平凡凡地赖在家里混吃等死，糟蹋资源。

Ioro问我还记得以前的日子不，多好。

我乐呵呵地在"希特勒"花里胡哨的纸上画了一个色眯眯的笑脸。花枝乱颤得很欠扁。

怎么会不记得呢？我们一起往小胡子的公文包里扔已故的小强，一起大摇大摆地写稿子骗点钱花，一起到校墙上涂鸦，画波霸校花夸张的S型。

好的坏的善的狠的下三烂的都干过。

日子却逍遥得人神共愤。

可惜我们再也回不去了——很多人在缅怀过去的万般美好时，总爱半忧半怅地伤感一下。

呵，仓促的初三，我们都被腐蚀得庸俗了。

青青，我们复读吧

盼星星盼月亮盼来可歌可泣的一天假，明天却又是该天杀的二轮模拟考，感叹天要亡我啊。

我罪恶地把自己锁在干净偌大的房间里，挥霍青春。

楼下的音响开得惊天地泣鬼神，嘈杂的摇滚乐叫嚣着，搅人美梦。我没有胆量摔个花瓶下去，于是我摸了一只拖鞋扔下楼去。

我窝在软软的床上，自甘堕落地沦陷颓靡。楼下喧嚣依旧。我戴上耳机，自顾自地听起了东方神起优美抒情的水袖长舒。

醒来时已经下午1点了。天，我肚子闹革命，好饿。我从抽屉里拖出一盒草莓夹心的无尾熊饼干，吧嗒吧嗒地逐个消灭。

无聊中我摸出手机，按下开机键。刷刷刷的7个未接电话，真是火爆呀。都是七年的，Ioro的帅哥哥。

末了还捎带了条短信，简简单单的8个字，却让我前所未有的眩晕和绝望。手里的小熊饼干哗啦啦地散了一地。

七年说，"染儿，跳楼了，在医院。"

染儿就是Ioro。我相濡以沫了整整5年的战友，Ioro。

那一瞬间天都暗了，坍了。我在潮起潮落的涅槃中，缺氧地搁浅了。

良久良久。我无力地瘫软着。明媚的阳光罪恶地刺痛了我的眼睛。我的手颤抖着。输入一长串熟稔于心的倒背如流的号码。屏幕上的"Ioro"奋力地跳跃着。

嘟——接通。

我没有说话，那边也没有。沉默了1分钟，好吧，我投降，算你牛。

我说："死了没有。"

Ioro的语气很自嘲，夹杂着忧伤。"死不了，我家才二楼。"

"染儿你他妈的骨头真贱！"我第一次连姓带名地骂她，狠狠地骂。

"是啊，我是祸害。注定要继续糟蹋农民大叔的粮食。"说完她神经地笑了，笑得很张狂。

我跟着她大笑，笑着笑着眼泪就出来了。Ioro的笑声也渐渐变成哭腔。

电话两头都是疯子，如假包换的疯子。

哭了很久很久。我的抱枕都可以拧出大半碗水来。

我说，"下次有跳楼的好事记得捎上我。"

Ioro沉默。后来说，"青青，我们复读吧。"

我们都是童心未泯的大孩子

当我跟老妈说我决定复读时，她手里的碗当场就摔了。真后悔在那个时候说，那碗是我去厦门玩时看着中意的。像宝贝样宠着，谁用我的碗跟谁急。想想就心疼。

老妈扑过来一阵熊抱。"我的青青呀，妈爱死你了。"说得我鸡皮疙瘩无怨无悔地洒了一地。

唉，当初是好说歹说打死也不复读的，打不死也不去。看不乐死她。

既然决定复读了，那接下来的倒计时就跟我屁点关系都没了。哈，明天的模拟考也见鬼去。零蛋就零蛋，姑娘我还不去考了我。

接下来3天的考试我都窝在医院里。护士小姐一见我来就笑得满眼生花："呦，来看妹妹了。"我特淑女特气质特礼貌地应了一声："是，看妹妹来了。"

Ioro的枕头就不偏不倚地飞过来，砸在我身上，不痛不痒。她歇斯底里地大叫："我才是姐姐！我才是！"

一冲动吊着绷带的脚就痛了。Ioro疼得龇牙咧嘴，哼哼地叫着。

她坐在轮椅上，我推着她到外面透透气。

5月已逝。6月的早晨清澈得撩人心弦。我们挥舞着手打打闹闹。

"下一个初三，我们豁出去了。咸鱼要翻身喽！耶！"Ioro大叫着，像个单纯的孩子。

我们本来就是孩子，童心未泯的大孩子。

我调侃她："咸鱼翻身还是咸鱼两条哇。"

她很鄙视地瞪了我一眼，呷呷嘴："去你的。到时候我们一起考到师范去。混个高级教师或者教授当当！"

"天哪，误人子弟呀！"

……

我们都要好好的

李　洁

一

又是一节难熬的数学课。擦擦疲倦的双眼，看着手上那张86分的数学试卷，心里一阵莫名的惆怅。

我不是成绩优异的优等生，也不是老师头疼的问题学生，我是校园最不起眼，最容易让人忽视的一个群体——中等生中的一员。我没有傲人的成绩，也不属于那种只会和老师作对、考试挂红灯的差生，我只是一个普普通通，普通到让人无法察觉到存在的一个中等生而已。

看着数学老师又在为那些优等生排忧解难，和他们谈笑风生，一阵又一阵的羡慕和嫉妒像潮水般向我涌来。曾多少次盼望这种时刻也能发生在自己身上，但试想比我强的人比比皆是，又有哪个老师会注意我这样一个毫不起眼的学生呢？容易被忽视，没错，这就是中等生的特点，也是中等生的悲哀。

同桌欣欣坐在我旁边一边大骂应试教育，一边给她的卷改错。欣欣和我一样也是中等生，只不过她的成绩比我好得多。我们曾经发誓一定要努力学习拼死拼活也要摆脱这种被人忽视的生活。曾经的我们那么的意气风发，那么的踌躇满志，但最后还是得向命运妥协。毕竟周围高手如云，每个人都在玩命似的学习，别说爬到上游去了，不掉进下游就该偷笑了。难怪欣欣成天发牢骚："真是生不逢时啊！我就算是一颗金子，但当满地都是金子时，迟早也要被埋没掉啊！"

相比于欣欣的抱怨，我则显得比较沉默。但是从没有人看到过我沉默背后那颗不甘于现状的心。

二

似乎每个学校每个班级都有着这样的潜规则：坐前排的永远都是优等生，中排的则是中等生，而后排，不用说，定是那些差生们的地盘。而我，坐在第五排靠窗的座位。窗户下边还有上一届的同学留下的忠告：记得好好地过每一天，别让青春留下遗憾。

记得我和欣欣第一次看见这句话时全都露出了嘲笑的表情。欣欣不屑地说："高中生活能熬得过去都已经很不错了，还指望它能过得好吗？"

班会课上，班主任依旧在上面滔滔不绝："同学们！大家务必打起精神来啊，俗话说得好，辛苦3年，幸福60年！等熬过这3年，你们就能真正体会到苦尽甘来的深刻含义了……"我在下面用笔不停地在本子上乱写乱画，心乱如麻，似乎想用涂鸦来缓解内心的浮躁。欣欣则在拼命地赶作业，嘴里还不停地念叨着："为什么要出那么多我不会做的题，我不是华罗庚呀……"坐在我后面的小可，则直接用刘海挡住眼睛，手上还不忘拿着支笔，手撑着头在睡觉。知道的以为她在补觉，不知道的还以为她在冥思苦想呢。

我头转向窗外，一个人静静地出神。不知什么时候开始，喜欢上了看窗外的风景。时常看着窗外忽而掠过的鸟影，心里总是一阵又一阵的渴望：什么时候才能够如此洒脱奔放，展翅在自己的天空，不受任何拘束呢？

看看桌上摊开的作业本，依旧是一片刺眼的空白。不知是谁说的，遇到不会做的题目多看几遍就会了，可我看了那么久，似乎都快把作业本给看穿了，不会做仍旧是不会做。看得久了，仿佛那些汉字也瞬间变得陌生起来。

看着旁边一个个奋笔疾书的同学，突然一股庞大的压力向我涌来，心里不断涌上阵阵害怕的感觉。

三

月考的成绩排名表出来了。还是那可怜的名次，夹在一大堆的名字中显得那么平庸。我笑着对欣欣说："我觉得老班应该表扬一下我们才对呀，看我们的成绩多稳定！"欣欣也笑了："对呀！不过有时也真不甘心！明明和别人一样努力，却还是进步不了，看来一分耕耘一分收获这句话也不是完全可信的呀。"

小可则把排名册一扬："真烦。我现在对名次都已经麻木了，反正也进步不了，还是好好地安于现状吧。"

我笑着望着小可。我知道小可并不是这么轻言放弃的人。她虽然嘴上这么说，其实心里却比谁都在乎。要不，她怎么会每次说完放弃之后，又那么拼命地用功学习呢？

回到家，又不免听到老妈的一阵絮叨："你到底什么时候才能进步啊，你以为总是这样处在中游就满足了吗？人要学会上进才行。你看看你，总是这样无所谓的样子，说不定哪天你就掉到下游去了。你小时候可不是这样的，你小时候可不是这么差的啊……"

我望着她脸上日益明显的皱纹和焦急的眼神，其实我多想对她说，我也不想这样，我也想像小时候一样优秀，我也有自己的目标和理想，我也一直在为自己的理想努力奋斗着。但几次话到嘴边却发现怎么也说不出口。所以，我还是一样，望着她，一直沉默着。然后，默默地回了房间。

无奈地摊开那些试卷，又开始新一轮的题海作战。

四

来到学校，意外地发现小可今天来得特别早。平时小可可是不打铃绝不进教室的。小可看着我一脸的疑惑，淡淡地说："没什么啦！只不过考得不怎么样，被我老妈说了一通，心情不怎么好。""噢！"我笑着应了一声。

"考得不好被批评这也不足为奇啊！"突然传来一个讽刺的声音。我顺着声音望过去，是程夜。

程夜是我们班的佼佼者，成绩在年级名列前茅。不过他的个性太高傲，别人向他请教问题他总是爱理不理的。不过仍有许多人佩服他，包括我们，因为他的成绩真的好得没话说。

他说完，望了我们一眼，依旧是那种高傲的眼神，然后傲慢地从我们身边走过。我默默坐到座位上，一句话也没说。反正被他这种优等生用不屑的目光扫视也不是一次两次了，我早就无所谓了。

自习课上，班主任又叫了一名同学出去谈心了。我透过窗户，望着他和那个同学正兴高采烈地交谈着，心里不停地想：班主任一般会和那些同学说些什么呢？如果哪天班主任也和我谈心，哪怕是一句激励的话语，一个小小的批评，我想我也会把它当成前进的动力，不辜负他的期望。随后又想，毕竟这只是一些美好的设想罢了，成绩平庸的人是不会被注意到的。

月考的徘徊不前又一次让我觉得前功尽弃。可能大家都考得不理想心情不好吧，欣欣突然提议说出去放松一下，于是我们三个一齐请假出了学校，溜进了学校旁边的一家网吧。

百无聊赖之后，我登了QQ，进入到QQ空间里面。看着自己曾经那么辛苦设计布置的点点滴滴，曾经写下的或伤感、或搞怪的日记，一张张灿烂微笑的照片，还有那些朋友留下的激励人心的话语，一切依然是那么美好。难怪有人说，世界上唯一会随着时光的流逝而越变越美好的东西，就是那些温暖的回忆。

五

夕阳的余晖透过窗户的栏杆射在我的课桌上，温暖的阳光镀在了我的身上，仿佛在提醒着我又过了一天，我在感叹时光飞逝的同时也叹息今天又是碌碌无为。

我谢绝了欣欣和小可一起同行的请求，独自一人走在回家的路上。路两旁的梧桐树依然耸立，在蓝色天幕的衬托下，一笼笼的绿色似乎特别冷暖分明，阳光透过树叶间的缝隙，洒了一地金色的光圈。

这条路每天都在行走，从来不知道沿途的风景这么美。我在附近一个小公园找了条长椅坐下，望着眼前行色匆匆的人，若有所思。

远处一个年轻妈妈牵着一个小女孩慢慢地边走边说些什么。我透过金色的波光望过去，仿佛那是妈妈在牵着幼小的我。

记得小时候也很喜欢和妈妈在这里散步，也还记得小时候有特别多稚嫩且温馨的对话。

"妈妈，我长大了要当科学家，当音乐家，当发明家，拿很多很多的奖，赚很多很多的钱，好吗？"

"好啊！"

"那你希望我长大后先成什么家好呢？"

"成什么家都无所谓，只要你快快乐乐，健健康康，好好地成长，就比什么都好。"……

我却不能记得已经多久没有过这样的对话了，也不记得有多久没有真正地快乐过了。我的快乐几乎都是建立在拿了好成绩之后，和妈妈之间的对话永远围绕着学习和考试成绩。

回到家，家里依旧是往日的平静，妈妈依然是一贯的忙碌，似乎总停不下来。突然觉得今天的她和往常很不一样。想开口说些什么，却先被她打断了："哦！回来了，吃饭了。"我点点头。然后，还是一样，继续每一天的沉默。

六

回到房间，静静地坐在书桌前，回想着一路经历的每一件事。我突然发现自己很可笑。现在的我，整天陷在渴望被人重视的念头里不可自拔，做的每一件事都希望别人可以注意得到，我每天那么拼命只是不想再忍受被人忽视的感觉，我只是讨厌中等生这个不起眼的身份。

所以我为了改变这种现状而为之努力，却没有发现不知不觉中自己已经偏离了最初定下的那些目标。所以我变得越来越阴阳怪气，不可理喻，所以我越来越沉默寡言，也添了越来越多的烦恼。

而在那些爱我的人看来，我能够有多大成就其实根本不重要，就像她最初说的那样，只要我能够好好的，就比什么都重要。

打开QQ，看着欣欣为我设计的QQ签名：无论发生什么事情，我们都要好好的。突然感叹竟没有早些看明白这句话的另一层含义。别管自己多不起眼，也别管一路走来有多少烦恼，记住我们最应该做的就是要好好的。因为这个世界上还有爱我们的以及我们爱的人。不要以为只有自己在承受着生活的烦恼忧愁，他们也一直在和我们共同承担着。

我给欣欣和小可留言说：让那些曾经的忧伤和不甘都随风飘逝，沉淀到记忆的长河中去吧！

七

依然每天学校、家两点一线地奔波，依然每天在题海中奋战，依然成绩平平，依然没有人注意，依然偶尔还会迷茫接下来究竟要干什么。欣欣还是会整天抱怨应试教育"摧残"着我们，小可还是会有时公然在课堂上睡觉，而我，还是会经常对着窗外的风景发呆。

我们再没有想过怎样去摆脱被忽视的生活，爬到上游去，而是定下心来，好好地勤奋学习，好好地为实现目标而努力。其实就像许多经历过高中生活的人所说，高中生活不华丽，不出众，不刺激，它给人最大的感觉就是平淡。好好地过平淡的每一天，为那些爱我们的及我们爱的人好好地活着，这才是我们最应该做的事。

我们都要好好的。

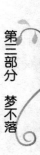

第三部分 梦不落

让我们一起公奔吧

语陌忧

陌轻浅

泪，顺着脸颊滑落至指尖，最后融入空气之中。前所未有的崩溃感突然袭来，反在一夜之间，爸爸、妈妈以及最疼爱自己的舅舅都不再信任自己了。原因很简单，玩得太晚，没按时回家。

捡起被摔落的手机，重新安好，给小言发了条短信：小言，我快崩溃了，他们都不再信任我了，好累，你可以来我家吗？很快就收到回复：呃，浅，不伤心，我信任你呢，等等我，马上到。

半晌，清脆的门铃声传进了我的耳朵里。我披散着头发去开门，小言跳了进来，看着满脸疲倦的我，心疼地抱了抱我："浅，不伤心了，我会陪着你的。"然后帮我收拾凌乱的房间。

看着她忙碌的身影，眼泪又止不住地往下掉。小言跑了过来，笨拙地拍拍我的肩膀，递给我一沓面巾纸，我胡乱地擦擦脸，靠在小言身上："小言，该怎么办？我好累。"小言顿了顿："我们出去散心吧。我点了点头，洗了把脸，套上衣服，牵着小言的手出门了。"

沉　言

当我在看电视时，收到了浅的短信，突然觉得很讽刺，"他们都不再信任我了"这是浅说的，而我，由始至终都未曾让家里那两个人信任过，一度被认为是个不务正业的孩子，用他们的话说就是："这孩子，没救了。"我也不想继续争辩，就由得他们，顺势做一个坏孩子，成绩直线下降，老师们对我也是无可奈何，纷纷放弃了我。

回了短信后，我随意套了件外套就往浅家跑，她家离我家很近，不一会儿就到了。看着前来开门的浅，一下子蒙了，原先活泼漂亮的她此时却像泄了气的气球，满满的心疼涌上来，情不自禁地抱住她。

我生来就不怎么会安慰人，不知所措地看着她哭泣，只能小心翼翼地对她说："我们出去散心吧。她点点头。"

我们乘着公交车来到海边，阳光柔和地洒在海面上，显得晶莹剔透。我们脱掉鞋子，牵着彼此的手，向大海走去，直到海水没到腰间才停下来："浅，把你的所有委屈所有伤心都对着大海说吧，她会为你保密的。"然后我们俩就你一句我一句地朝着大海大声喊着，不在乎旁人诧异的神情。

太阳快下山了，我们俩拍拍身上的沙子，乘公交车回家。到了车站后，我们俩各买了一瓶饮料，笑嘻嘻地走回家。半路忽然遇见浅的奶奶，她急匆匆地对浅说："浅浅呐，快回去，你爸妈一直找你呢。"浅皱了皱眉头，苦笑着朝我挥挥手，跑回家去。

我快乐的心情顿时烟消云散，用尽全力踢飞路边的石子。原本想让浅放松心情，最后居然演变成这样。

陌轻浅

我可能某天会直接跑到窗户边跳下去，我真不敢相信我妈居然会打我，而且冷冰冰地对我说："从今天起，你爱干吗干吗，我管不了你。"原本以为这样的情节只会出现在电视上，现在却硬生生地出现在生活中。成天以泪洗面的日子真的不想再过了，我擦了擦脸上的泪痕，用小刀在桌上刻下：陌轻浅，保持冷漠。

妈妈终于觉得自己做得过分了，站在门外，用温柔的声音对我说："浅浅，开开门。"我打开了门，面无表情地看着她："干吗？"不冷不热的语调，妈妈一怔，又回过神来，用很抱歉的眼神看着我："对不起，昨天是妈妈的错，浅浅别生气了。"我在心里冷笑了一下，给我一巴掌，然后再给我一颗糖，这算什么。沉默了片刻，我再次看着她："还有事吗？没有的话我去看书了。"随意拿了本书装作要看的样子，妈妈也没再说什么，叹了口气，轻轻关上门。

她一走，我就将书丢在书桌上，直接瘫在了床上，泪水又绵延不绝地掉下来，明明说好不哭的，但当看到妈妈诚恳地道歉时，心，又软了……

沉　言

最近总觉得很疲倦，一个人待在空洞的房子里，无法言喻的孤单与悲伤交织在一起将我吞噬。喜欢拿着笔在纸上写下一些莫名其妙的句子，然后，眼泪就会悄然无声地掉下来。

夜色已经很晚了，我依旧穿着一身黑色的衣服出了门。霓虹灯不断闪烁着，在熙熙攘攘的人群我显得那么格格不入。我拐进一条僻静的小路里，试图将自己融入夜色之中……

继续迷茫的前行，突然想起浅和我说过的话，"小言，我想，也许有一天，我会直接从窗户跳下去，该怎么办，现在我妈天天怕我做傻事，整天盯着我。"我鼻尖酸了一下，迎面而来的寒风把即将掉落的眼泪吹散在空气之中，我冷得打了个寒战，随便找了块大石头坐下，将脸埋在手臂间，低泣。

手机铃声响起，刚一接通，老妈就抱歉地说了声："小言，妈妈和爸爸今晚有重要事情要处理，就不回家了，你自己要照顾好自己哦。""妈妈，我都……"话还没说完，听筒里就传出冷漠的"嘟嘟"声，我自嘲地笑了笑，已经习惯了，不是么？挂掉手机，沿着小路，大步流星地向网吧走去……

陌轻浅

登录QQ，看见小言的头像亮着，就聊起天来。

小浅：小言，在哪，干吗呢？

小言：发呆中……

小浅：我不想再和我妈怄气了，反正她也道过歉……

小言：嗯呢，母女哪有隔夜仇嘛。

小浅：呃，你爸妈又没回来？你在家还是在网吧？

小言：网吧。

小浅：我们一起考市一中吧，我相信你只要努力一定会成功的。

小言：就我这成绩，算了，还是你，努把力，一定能上。

小浅：小言！！！难道你忍心我一个人在那孤苦伶仃的？

小言：……

小浅：我不管，反正要不我们就一起上，要不就都不上。

小言：呃，我会努力，可以了吧，呵呵，快去睡吧。

小浅：嗯嗯，这是约定哦，拉钩钩，你也快回去。

小言：遵命，即刻起程，打道回府，安安。

关掉电脑，跑去浴室冲了个澡，正准备上床睡觉，手机突然亮了一下，赶忙跑过去把手机拿过来，原来是小言的短信：浅，我想通了，读书真的是为自己读，我一定会努力的，相信我，到时候我们离开这个地方，一起私奔去，哦，不，是公奔。听说市区蛮漂亮的，到时我们可得好好逛逛。嘿，我到家了，安了。

我把手机捧在手里，心里默默地对小言说："嗯，我们一起公奔吧！"

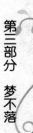

第三部分 梦不落

一路向北

衣未黄

从小到大我就明白一个自然法则，从我背上书包的第一天起，我就要努力学习，因为我要升入好的初中，上了初中我就要更加努力，因为我要进入好的高中，等到了高中，我就得玩命努力，因为我要考大学。问老师为什么要考大学？老师理所当然地说："去过逍遥日子呀！"我顿悟！

可惜事与愿违，小学我傻乎乎地啃着馒头背九九乘法表，还算有人样。等到了初中，理智让我明白，谁再啃馒头谁就是笨蛋。所以我下定决心再也不啃馒头了，与此同时，我变得一蹶不振，但却不轻松。父母习惯了从成绩单前头找我的名字，而今却要倒着找，特别扭。于是抄起竹条就往我身上打，打累了就坐下来数落我，我搬着小凳子坐在旁边，低着头，掐着手指，装出一脸的无奈，其实心里在想某某电视剧演到哪了。再等到他们骂累了，一转身又去开电视了，结果妈妈又冲回来扇我两耳光，大骂"你这死没长进的"。

对天发誓，我不想这样，我也想拿漂亮的成绩单向他们交代，像当初一样，不打我，把我当成手心宝。可如今，我依然是他们的女儿，因为成绩差，变成了臭虫，人人得而诛之，我就特不是滋味，这让我更不愿学了，也许这终究是一场会输得很惨的抵抗，但我却义无反顾，我行我素。

在拿着高二期末考试的成绩单回家时，我突然有些紧张，妈妈看着这张惨不忍睹的成绩单会怎么样？我突然挺想让她打打我，或许我会好过一点儿。

也许我终究还是错的，妈妈只是瞟了一眼成绩单，然后无关痛痒地说："别让我多说，自己拿搓衣板。"我看着那个特意为我买的搓衣板，欲哭无泪！我恨全天下的搓衣板。晚上夜深人静的时候，我就坐在搓衣板上特郁闷地想，一切都变了，一切被丢弃的东西，会腐烂，会从量变到质变，学习一样，我也一样。

突然我特阿Q地想，要是我的成绩突然"噌噌噌"升得比嫦娥一号还快呢！再混个什么名牌大学，是不是就是咸鱼翻了N次身呢！于是我就开始做上学、过快乐日子的梦，做着梦我就觉得特爽，于是一个愚蠢的念头闪过我的脑袋，我想再啃啃那已经发霉的馒头。连我自己都觉得好笑，我啃馒头？我爱吃KFC！我的理智这样告诉我，可我今天突然特想知道白日梦成真是什么感觉，所以在以后的日子里，我竟然啃着馒头度过了我最痛苦的那个春秋。

开学的那天，我用了3张16K的纸制订了我将来一年的学习计划，我把它们特张扬地贴在墙上，然后特潇洒地签上我的大名！

走在去学校的路上，我突然有种上小学一年级，第一天上学的感觉。觉得世界是那么美好，小鸟在我头上欢快地歌唱，而我却不再是那个扎着羊角辫对着云微笑的女孩，很可笑，可是却很无奈。

也许从我做这个愚蠢的决定一开始就是错的。我，一个差生，却在那咬着笔冥思苦想，那画面一定特滑稽。连我自己都这么觉得，更不用说在别人眼里。当我问前面的一个女生数学题的时候，她特惊奇地看了我N秒后，才吞吞吐吐地给我讲了一遍，我似懂非懂又问了她一遍，她朝我傻乎乎地笑了笑又流利地讲了一遍。虽然我还是没听懂，但我觉得有些东西在发生微妙的变化。

但这种变化只发生在我前座的小A身上，我还是每天生活在讽刺、轻蔑和白眼中。有时候我怪自己总是反反复复，就像当初决定不啃馒头一样，可却沦落到现在为了一个函数题苦恼一下午，一切都是我自找的！可我偏偏太倔强，朝着不可能实现的白日梦而努力，没有理由，没有借口，只是想找回那些失去了太久的东西，哪怕只是感觉也好。

在我连续两个月馒头的战绩下，我的成绩却起伏不大。我拿着成绩单觉得昏天暗地时，原来那个不在乎成绩的我就成了这模样吗？我开始动摇。有人说：放弃该放弃的是无奈，不放弃该放弃的是笨蛋，而我就是那个无奈的笨蛋。

我的思维太混乱，我都不知道自己到底在干什么，我看着那些奋笔疾书

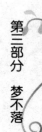

的同学们却很悲凉。我慢慢地从后门走出教室，游走在书声琅琅的校园，我突然觉得自己在这个校园里真的是很不协调，我飞也似的逃到我的小窝——那个废弃的篮球场，泪雨滂沱，什么也不为，只是想哭，没有人看见，宣泄我所有积压在心中的那些痛苦、无奈与纠缠。

突然一双白色的帆布鞋出现在我的视野里，我抬头一看，是小A。我赶紧擦去脸上的眼泪，假装没事地说："你出来干什么？"她没看我只是看了看四周，然后在我身边坐下，说："这地方不错啊！这么好的地方都不叫上我，太不义气了吧？"我别过脸朝外走，我不想让别人知道我的软弱，所以，我选择逃避。"你到底想骗自己到什么时候啊！胆小鬼！"小A突然朝我大吼，我整个人都僵在那，没错，这么多年来，我一直在骗自己，到最后连我自己都忘记那是个谎言，我突然觉得很生气，真的很生气，然后冲回去朝小A大吼："你根本就不懂，你没有资格说我！"小A气愤地说："你根本就没有付出，哪里会有回报，你别做梦了！""没有付出？我尝试着努力奋斗，学着积极地去面对生活，甘心饱尝作为一个差生内心痛苦的挣扎与无奈，我彷徨过，我放纵过，我心痛过，却永远不会说后悔，你明白吗？"我像失控了一样，把我这么多年压在心里的话都说了出来，眼泪却不争气地流了满脸，小A什么也没说只是冲过来抱住我，紧紧的，紧紧的，我能感觉到她的眼泪流进了我的脖子里。

在回去的路上，我和小A的手一直紧紧握着，什么也没说，只是静静地听着彼此的呼吸声，在进教室之前，小A突然拉住我特坚定地说："夏树，我们的人生还很长，但这一年只有一次，我们每个人都有梦想，在为梦想而去奋斗的旅途中，我们已不再是为了结果，而是曾经走过的路。不要彷徨，我们肩并着肩，走完这段路。"

虽然我觉得这话特矫情，可是却特别舒服，我握着小A的手走进教室，朝小A微笑，朝墙上的高考倒计时微笑……

珍惜是对青春最好的挽留

黎小凉

录像里都是摇摇晃晃的镜头。这是母亲结婚时的录像，红色的口红，浓浓的脂粉，头发高高地盘起，上面有结婚礼炮过后撒下的金粉。众人簇拥着吃汤圆时，母亲腼腆而羞涩，一举一动都浮动着甜甜的笑意。镜头里的小女孩穿着灯芯绒的裤子，蓝色粗棒针毛衣，扎着两根辫子，趴在书柜旁唱："小燕子，穿花衣……""我不唱了。"她调皮地吐了吐舌头躲进了人群里。镜头动荡不安，是喧哗和清晰的礼炮声，蒙上了一层岁月特有的朦胧和神秘。

14年，是怎样一个数字呢？它不长，也不短。是一段恰到好处的怀念。14年前的一切都还深深地印在骨子里能够时时刻刻想起，却找不到痕迹，回不到曾经。

镜头里的新娘是母亲，镜头里的小女孩是姐姐。

几天前，我憧憬大学。

几月前，我幻想成年。

几年前，我渴望快快长大。

直到几秒钟前，姐姐元旦放假来我家吃饭。我一如既往的"恶狠狠"地说："我嫉妒死你了，凭什么你20岁了上大学这么轻松，我却还苦苦为中考挣扎？"她轻轻地笑笑说："我也是这样过来的呀！我还宁愿高中生活再来一遍呢！"我也说不上姐姐哪儿变漂亮了，但她确实让我羡慕。母亲端上热腾腾的菜，捣鼓着黑米浆，不停地让大家多吃些，多吃些。

我很高兴，人多热闹嘛！早早地放下筷子，看见茶几上那只红色的船型大手袋，黑色的拎手。正是我向往的啊！里面放着几包漂亮的纸巾，一只皮夹，还有一瓶护体霜。我的视线不小心落在她的手上。那一刻，全身的血液归于冰冷，我不敢相信，她的手仿佛发着淡淡的光，不是仿佛，是事实！手指白皙又光泽，指甲泛着贝壳似的粉色光芒。她的脸，什么时候变得这么干净透亮了？我觉得我的指尖已经潮湿冰凉了。她似乎发现我在看她，温柔地朝我笑笑。

她，真的不同了。

曾经，她的脸上有那么多的青春痘，大大咧咧地不吃辛辣食物；曾经，她的手上有着一颗颗红红的冻疮，干干的，她总说她比我大5岁怎么就老了这么多，说我的手才好看；曾经，她做着厚厚的复习书，手指上有几个突兀的老茧；曾经，她的头发乱糟糟的，戴着黑框眼镜，背着书包。不同了，真的不同了。我忽然觉得我们不是同类人了，而她，真的成熟了。临走时，她微笑着和我们再见，笑起来眼睛还是眯成小月亮，睫毛投射下一片浓荫，她特意跟我说："加油哦！"

我点点头。她又对母亲说："谢谢二姨。"同样笑得那么美好、那么温柔。记得我上小学时，她也老在骂老师真恶心，布置那么多的作业。转眼间，用大人的话来说，她懂事了，乖了。

我并不这么认为。

我总觉得她失去了什么。在看见她手指的那一瞬间，我感到有什么东西崩溃了。她是彻底地变成大人了呀！忽然间，我就不羡慕她了。我开始喜欢现在的自己了，黑眼圈，头发老也理不整齐，脸上有青春痘，手上干燥的，指甲残缺的，老茧也一块一块的，很难看。但我喜欢。

我害怕哪一天，我一切都变美了，开始对很亲近的人说谢谢，对讨厌的人说不好意思，麻烦你了，笑得柔柔的。是啊，人们总说，这个世界是大人的。原来这样子就变成大人了吗？恐惧，不安。这样才算长大吗？

而母亲，也不再是扎马尾辫的小姑娘了。她整天忙忙碌碌地打扫，做饭菜，担心我的身体，我的心情，我的情绪。眼角有了细密的皱纹，淡淡的斑块。她也不同了，真的不同了。

14年啊，镜头里的新娘是母亲，镜头里的小女孩是姐姐。年轻的老了，稚嫩的成熟了。14年，足以消磨一个人的青春，也足以让一个女孩儿蜕变成一个女人。

以后，以后我也是这样吗？

参加工作，拥有家庭，培养后代，慢慢老去……

一辈子，是这样吗？14年，一轮一轮过。那些路上遗失的，忘记的，成熟了，老去了。

忽然间，我只想做一个孩子。

写完这些之后的一个星期，妈妈背着我把文章发给了姐姐。姐姐回了信，她在信中写道："偷偷地跟二姨说，我看哭了。其实，每个人都是这样成长起来的吧，只是不同的年代，会有不同的精彩。大二了，已经开始会在讲到未来工作的时候有压力感了，已经会在聊天的时候讨论'留在杭州还是回家'，会在看见很可爱的小朋友的时候觉得自己老了，会越来越在意自己的年龄，想方设法把自己说年轻了……

"谁不想永远做个孩子，永远有可口的饭菜，永远无忧无虑，永远不用担心未来。只是长大了，就该有一份担当，就该承担自己的责任。

"成长，有时会觉得很漫长，有时候会觉得只是一瞬间的事。也许在你拒绝成长的同时，已经离儿时越来越远了。长大了，虽然要承担的东西多了，身上的担子重了，就像现在的你，得为自己的未来努力了，但是长大也有长大的精彩，难道不是吗？

099

"可爱的小朋友，在你还能说我只想当个孩子的年纪，不用考虑那么多，好好享受青春，好好珍惜时间，就是对青春最好的挽留。"

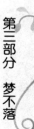

第四部分

涩年华

青春散场。多么悲伤而又无奈的结局，可是我相信这不是属于我们的。因为散场的是青春，遗忘的却不会是彼此，而是那些蜷缩在心里的忧伤，总会在某个瞬间重来的。

——蓝水澈《那些青春蜷缩的忧伤》

感谢有你，璀璨天际

越漩佐田

你还真孤独啊。

我看着旁边的小野，她骑着那辆黑色跑车，眯着眼，斜着嘴角冲我笑。秋天明媚的阳光在她飘逸的碎发间跳跃，脸上是比这阳光更灿烂的笑容。

她叫我哥。

我叫陆少杰。别人都叫我陆少，原因我忘了。

我不喜欢说话，总是一个人安静地做我要做的事情。我没有同桌，也没有什么朋友，同学多半会忘了教室的角落里坐着一个我，只有在考试后才会想起有个叫陆少杰的人，每次都是第一。

课间，男生会抱着篮球匆忙往球场赶，女生会牵着手三五成群，跟在打篮球的男生后面，笑个不停。大多数时候，我会坐在那儿看着这一切，看着他们的争吵、泪水、笑靥，在流逝的年华中刻下淡淡的一笔一画。然后我就像个淘金者，拿着筛子在时间中挑选那些值得记住的东西写下来。我是喜欢文字的，郭敬明说，喜欢文字的孩子带着一点忧伤，淡淡的。所以小野觉得我是孤独的，一个以文字为伴的孤独少年。

在我生存的这个有55人的集体中，我拥有的最大财富是一个墙角。墙角靠着窗台，上面放着我喜欢的小说和CD。空闲的时候，我会翻看那些被我读过许多遍的泛黄的纸张，听着一曲曲舒缓低沉的歌。觉得这样的日子，像蔚蓝天空下的海面，寂寞却平静，直到小野出现。

那天，她踩着铃声冲进我们教室，把书包往我桌上一甩，坐在那气喘吁吁，我端着杯水站在旁边，说："这个位子是我的。"

她抬起头，"啊？不会吧？"

看到55张陌生的脸后，她抓起书包从后门逃跑。然后我就记住了她白色的T恤，简单的牛仔裤，凌乱的碎发下是张滴着汗的脸，白皙，帅气。

这个女生，有点儿特别。

晚自习，我轻车熟路地逃了课，躲在空无一人的体育馆打乒乓球。偌大的体育馆中球与球拍碰撞的声音，鞋子与地板摩擦的声音，交织成一曲无题的乐曲。

她轻轻地走进来，站在我身后，看我用不同的姿势把发球器发出的球打回去，在空中留下一条条弧线。一场结束，我低头看见地板上斑斑驳驳的汗迹和她对着我笑的影子。

"打得不错，我想和你比一场。"

我拿着硬币的手停在空中，回头看她，还是早上的装束，表情中透出一点点兴奋。

几局下来，我发现她很强。每一次攻击都对准敌人的死角，毫不犹豫，应了她处事的原则。发动攻击前，她会露出非常自信的笑，胜利在望的样子，让我的神经紧张一下。

"你的防御，很完美，我叫小野，你呢？"

"陆少杰。"

"9班的陆少啊。"

"不上课出来干什么？"

"上网。没钱了，到处溜达。"

"课呢？"

她撇撇嘴，说："不喜欢，所以不上。"语气透出桀骜不驯。

从那以后，每天晚上我们都会在体育馆打球，她总是说很多很多话，不管我有没有听，一直说着，像自言自语。

"你很喜欢打乒乓球吗？"

"打的这么好，都没在校运会上看到你啊。"

"我也没有参加。"

"说实话很讨厌挤在那么多人中间。"

"所以我一直坐墙角。"

"坐那儿其实挺舒服的，睡觉或干别的都行。"

"但有老师逮着了我，说我不务正业。"

"再闯点祸，就升级成了问题学生。"

"然后同学们就都疏远我，用那种眼神看我。"

"这么久了，一个人，还真寂寞啊！"……

从她断断续续的话中，我知道了她曾经拥有十分出色的成绩，但在高一突然直线下滑，然后学会了上课睡觉，顶撞老师，整夜泡在网吧不回家。

说这些的时候，她满脸的不屑，像是在讲述别人的放纵。我不知道她变化的原因，但明白带给她的打击一定很大。因为，要波澜不惊地面对如此累累的过错，也需要很大的勇气和支撑自己一错再错的动力。

我想，这也是一个受过伤的孩子。

渐渐地，发现她经常出现在我周围。食堂里，她会看着望不到头的队伍假装无奈地把钱塞给我，要我给她买这买那，还不忘递上一个万分抱歉万分感激的眼神；我们班教室，她会当她们家，毫无顾忌地大声和我谈天说地，好像我们认识了几个世纪，走时不忘带走几本小说，几张CD，还有那本至关重要的练习册。

两个月后，她说："这样麻烦你，有点儿不好意思。"

我笑笑。

"干脆做我哥吧，你和我哥挺像。"

我抬起头，她还是一张干净的脸，带着淡淡的笑。

我说："好。"

于是，这个偌大的高中，出现了我们一前一后有点孤寂的身影。前面的她会听着音乐，说许多不着边际的话，说她的童年，说她的家庭。家中的成员，她最喜欢的是她哥，一个20岁刚毅的军官，她给我看他的照片。抱着个球站在7月的阳光下，露出12颗牙齿，晶莹的汗水衬出满脸的灿烂。

"你们两个很像。"我对比着两张脸，很认真地说。

"那当然，一个妈生的。"

我轻轻摇头，把照片还给她。我看着夕阳下如鲜血般刺眼的晚霞，闭上眼，任风夹着夏末干燥的气息拂过我的脸庞。

"高三了啊，一年后我们就得各奔东西了，你打算去哪里？"

"上海。"

"是啊，繁华的城市。哥你这么棒，肯定行的。"

我第一次看到她的笑中带着一丝无奈，漂洋过海。想到她全校倒数的成绩，心痛了一下。

"为什么放弃自己？"

她爬上操场上两米高的栏杆，坐在上面仰望着划过天际的黑色的身影。

"不知道啊……不知道。"声音如游丝般四散在空气中，缥缈，带着叹息。夕阳的余晖斜射在她身上，镀上一层金色，脸上，是看着让人心疼的平静。

"我给你补。"

她轻扯了一下嘴角。说："谢谢你，哥。还是算了吧，别浪费你的时间。"

我沉默了。

校运会，操场上人山人海，我们还是坐在高高的栏杆上，看着挥汗如雨的运动员跑过去。她会大声为他们加油，会对着女生吹口哨，然后摆酷酷的姿势逗她们笑。她的侧脸，一如既往的好看。

"你干吗这样看着我？"

我收回目光，有点慌。她一把摘掉我的眼镜，不顾我的惊悸，笑得很放肆。

"哇，想不到你还是个大帅哥啊！"

我不记得脸红了没有，因为她突然愣在那儿，顺着目光往下看，我看见Genius正一脸坏笑地盯着她。我转过脸，知道以后陪在她身边的人，不会是我。

3天后，在人流中，我看见她和Genius共撑一把伞，满脸开心的样子，想起她打球时的进攻，我并不惊讶她的速度。

踩着刚落下的一片樟树叶，我转身离开。耳机中陶喆低沉地唱着："谱了一段旋律没有句点，也无法再继续。"

我还是会帮她买早点，借练习册给她抄，甚至帮同班的Genius做值日。她会摇着我的衣摆说："谢谢啦，哥！"我默默地做着这一切，不管值不值得，只要她能更开心。毕竟，被人需要也是一种幸福。

经常看见Genius躲在角落抽烟或牵着各式各样的女生说笑，我没有告诉小野，再一次保持沉默。

12月末，Genius提出分手，小野问他："为什么？"他说，"玩腻了。"简单的三个字，包含着再简单不过的意思。我听见绝望的心，碎掉。

小野笑着说好。眼里荡漾着悲伤。

那一晚，她喝了很多酒。她说，"初恋，27天。"

我盯着杯子里的泡泡，看它们一个个破裂，带着凄美的笑容，死去。

"爸妈不要我，同学疏远我，连男朋友也离开我，我真的有那么令人讨厌吗？"

她啜泣着，泪掉入杯子中，一滴，两滴。

我想说，还有我。但嗫嚅着，没有勇气发出声音。

小野逃了整整三天的课，回来时交给我一个包装华美到令人绝望的礼物，要我给Genius。

Genius看着这份礼物，皱了一下眉，张扬的脸上写满不耐烦，然后随手把它扔进垃圾桶。

我压抑着怒火质问他："为什么这样做？"

他轻蔑地笑，把烟吐在我脸上，说："哟，原来陆少不是哑巴啊！"

呛人的烟冲进肺部，纠缠着怒火上升，刺激每一根神经。我攥紧拳头给了他一拳，和他的手下们扭打在一起。

体育馆内，我背靠着墙坐在冰冷的地板上。小野轻轻擦拭我脸上的伤口，眼镜变成碎片无力地躺在旁边，沾着血，鲜红欲滴。

我冲她笑，说："这么大的人了，还哭花脸。"

她一遍遍叫着我："哥，哥，哥……"声音小到只有我的心能听见。

我伸手拨开她遮住脸的头发，看到她沾着泪的长睫毛剧烈地抖动着。我说："还真是能麻烦人的家伙呢！"

她说："以后，我会很坚强，不再让你担心！话语中透出做错事的孩子满心的愧疚。"

"我给你补课吧。"

她含着泪，用力地点头。我看见她眼里的坚定，很满足。呵，原来被人需要真的很幸福。

……

一年后的除夕夜，我们挤在外滩的人流中，倒计时：5，4，3，2，1。

在新年到来的那一刻，她说："那些日子，谢谢有你。"脸上是比漫天焰火还绚烂的笑容，璀璨了天际。

梦太碎，拼不出完美

寂　喑

一

　　摩挲着手腕上带的那条粉红色银链，我又一次在地理课上出神了。面临几天后的会考，我心里除了坦然，真的别无其他。

　　早上出门之前，刚被妈妈唠叨了几句，我也只是斜眼瞪她："皇上不急，急死太监"。她轻轻叹口气，转身进了厨房。我明白，每次模拟考在50分以下的水平，怎么能拿到双A呢。

　　李郁侧着头小声问我："你作业补完了没？"我倒挺轻松地摇摇头，"在等死。"毕竟和他同桌了个把月，所以他丢给我一个同情的眼神，然后在下面狂抄卷子。

　　课间操的时候，班主任将数学试卷发下来，让大家做深刻检讨，为什么这次得年级倒数第一。我自嘲地笑笑，82分啊，有史以来第一次及格。豆芽掷了一颗粉笔头，准确无误地砸中我，"擦苏姐，你没事吧？"我不屑于她眼中担心的神色，专心盯着抹了白色指甲油的手，阳光下显得特刺眼。

　　我也不是不知道我在堕落，父母都找我谈了好几次了，上周五班主任还亲自打电话给我爸"报喜"，"孩子放假4天的作业空白。"为此，我深表不满，甚至逐渐对他产生了点儿恨意。

　　我不喜欢做作业，很讨厌。十几本工整的作业本并不会给我带来满足和自豪，相反，我嫌浪费纸。我承认，我是个懒惰的人。

　　"所有人引以为傲的乖乖女""一年四季只扎一条马尾辫""见了长辈就问好，礼貌又懂事""朴实单纯的好学生"翻开小学的同学录，一串串的留言使我忍不住感慨万千。初二了，我也开始叛逆，开始厌学了对吗？镜子中，被厚厚的刘海遮住半张长脸的女生，是我吗？

放学后照样和豆芽到校门口喝奶茶，我跟她说："其实有时候，我好怕别人失望，其实有时候，我并不快乐，其实，我想死了。"豆芽望着我一脸诧异。最后，她把那张94分的卷子和我的对调拿回去给父母签字。

对于我，生活似乎毫无意义。

二

家，学校，舞蹈班。我注定逃不出这个圈。日子过得充实度不亚于高三。而父母最近的作战能力匀速上升，以好好学习的名义，没收我的手机、MP3，匿藏我的信件，且让我与电视电脑隔离了三个多星期。更重要的是，把我卧室的门锁卸了。

我苦笑，胸口抑制不住地发闷，不知怎的，泪水突然决堤，濡湿披散在耳边的发丝。没由来的哭泣，让我看不起自己。世上我最讨厌的，就是矫情的人，偏巧我是。

上课期间，张原给我传了一张纸条说，"周六下午两点半到兰溪玩。"我随便扯谎拒绝他："没空儿，要和BF约会。"他看得我全身发毛，写道："你不是不早恋吗？"我趴在桌子上，不再理他。

晚上趁爸妈不在，偷偷开了电脑，一上线，祈晓展就Q我："马上打电话给我。"我唾了一口痰，往天空抛白眼："别烦我，你以为你谁啊。"他很快又发了几句恶心的话和图片，我吓得直接隐身。半夜11点多，祈晓展终于不甘心地以"我去你们学校找你"结束了他独自一人的狂轰滥炸。

我无趣地关闭电源，退回房间，墙壁上大大的海报依旧显眼，那是关于《流星雨》的。什么原因让我对这部雷声不断的偶像剧感兴趣的，我不清楚。可是我只要一想到它，心里便会荡起一层十分异样的惬意，它像夏季清爽的风，带着出淤泥而不染的纯白。

第二天我顶着熊猫眼去学校，上了半天的课，我睡了4个小时。豆芽问我端午放假要不要去爬山，我打着大大的哈欠说不去。我知道我的父母是不可能让我踏出家门一步的。她撇着嘴说："你干吗这几天精神不振的，都拒绝参加集体活动。"我沉默了，埋头收拾书包。

　　我跟豆芽说我有人格分裂症，她不信，我就拍拍她的肩，"要你的。"她挠我的胳肢窝，可我不怕痒。末了，她若有所思地说了一句："有个人说，幸福是这个世界上最肮脏的东西。"我反复念叨着这句话，浅浅一笑。

三

　　抽屉里堆满了四十多分的成绩单，书桌上一片狼藉，挨着床头柜坐下。我真的累了，终于发觉自己的生命是如此空虚。

　　发呆了许久，我摊开作业纸，提笔小心翼翼地写下："寂儿，累了，就睡个觉吧。"我怕那薄薄的纸，一不留神便会破碎，因为他们太过脆弱。

　　我转过身，拥住那只大笨熊入睡。梦里，我裙角飞扬，站在茫茫的蒲公英丛中，嫣然回眸。身后，有我一大堆平庸而遥不可及的梦想，眼里笑出了泪花。

那些青春蜷缩的忧伤

蓝水澈

四个人的孤单

暖暖的云张着透明的翅膀在纯蓝的头顶寂寞地飞过。我的视线停留在一张很旧的CD上，画面上的女人的头发如阳光般飘散在空气里，发丝间有风的气息。

我拿了它到柜台付钱，凌跃说："你终于不再听摇滚了。"他的眼神沉静而欣慰。

我突然想起那些陪伴我度过无数夜晚的嘈杂破碎的音符。"因为没有人陪我听了。"是的，那个刘海遮住眼睛，头上戴蓝色的娃娃发夹，喜欢穿纯白裙子，浑身散发着柠檬香的女孩已经和我相隔了一个太平洋。我能做的是在一个人的时候想念她的微笑，眉眼灿烂如花。

和米诺相识不过因为都喜欢摇滚。很难想象如此干净柔弱的女孩会喜欢摇滚，但我们需要用震荡的音符来淹没盘旋在城市上空的喧嚣。

那时候我们刚升上高三，周围的人看书的目光如同恶狼，常常听到某某因为解不出题而发出怒骂，有裂缝的木制课桌被敲得咚咚响。然后米诺在身边会小声地嘀咕，未来像是雾气，似是而非。

对于未来我从不抱过多的希望，亦不会去幻想它的美好。只不过，一个人活着，总应该找到值得确定的东西作为自己生存的理由。米诺和我都是不喜欢双脚悬空的人，所以我们在摇滚中寻找安慰。

米诺在高三上学期没有结束就走了。她走时，刚入冬，城市陷入一片荒凉。我俯下身，米诺抱了抱我，小声地说再见，然后便进了机场。我看着轮子在地上滚动后留下的浅浅痕迹，哭得无声无息。

米诺走后，只有我、亦铭、落嘉、凌跃4个人穿行于大街小巷。凌跃从不听摇滚，他听纯粹而没有一丝杂质的旋律，比如班得瑞。他会在我听摇滚的时候在我另一边耳朵放上她的一只耳机，说，"桐，你要试着安静。"然后我就真的试着安静，放弃摇滚，如同放弃挣扎面对高三一样的决绝。读高三，唯一高兴的是可以每天等待明天，因为我们没有退路。

米诺还没有走的时候，假日里我和她总会蜷缩在影院的角落里看电影。一直记得《童梦奇缘》里面的一句话：生命是一个过程，可悲的是它不能重来，可喜的是它也不需要重来。米诺把这句话记进随身携带的本子里，她用力地一笔一画地写，仿佛刻进自己的生命里。

凌跃住在我楼上，每天早晨我抱着一本《英语单词速记》和他一起上公交车，然后坐在靠窗的位置上。冬天的窗户会有一层薄薄的水汽，我想起米诺的话，她说未来像是雾气，似是而非。我用手指在玻璃上画画，感受到手指一片冰凉。尽管我把所有的水汽擦得干干净净，可是玻璃外面的世界仍旧是湿漉漉的，然后玻璃又被新的水汽盖上，像是一场不切实际的梦境。

我静静地看凌跃的侧脸，思绪漂浮。我们的相识是因为在小小的电梯间里他的一句话："以后能叫上我一起上学吗？我会睡过头。"声音淡淡的似乎漫不经心，却有不容拒绝的力量。于是我们成了朋友，就这么从初中走到了高中，整整5年的陪伴。

112

你不知道的眼泪

初夏的空气正在一点一滴地沸腾，慢悠悠地灼烧到每一个角落，所有的人都在狼狈地冒汗。夏天来得太快，让人有一种时间又回流到上一个夏天的错觉。

我把所有夏天的衣服搬出来，一件一件地穿上，蓝的白的红的黄的粉的绿的黑的T恤，像是把每一份不一样的心情放进不同色调的衣服中。亦铭说女孩子的衣服应该像生活一样多彩，可是我的生活就像我的柜子里的衣服一样，除了T恤还是T恤，单调而乏味。我翻到柜子底层时发现前年凌跃给我当生日礼物的裙子，纯白的，没有一丝杂质，是我这么多年来唯一的一条裙子，于是我突然想穿上它去迎接这个夏天。

我进教室的时候并没有人注意我的改变，此刻不管是什么人都比不上他们手中的习题吸引人吧。我在埋头苦学的人群中看到落嘉抬起的脸，给我一个很客气的笑容，然后就继续做题。落嘉和我同班但我们很少交谈，这时我便会很想念米诺。这样压抑而烦躁的生活，如果有个知心的人陪在身边，多少都会觉得开心些。

最后一节课的下课铃响起，同桌难得把埋在题海里的思绪抽出来，问我："你说为什么现在时间会过得这么快？晃啊晃啊就过去了。"晃，我喜欢这个字，像极了我现在的生活。

中午依旧和凌跃他们。买菜的时候亦铭看了看拥挤的人群，就让落嘉到座位上等。然后又问我："要不要也过去？我帮你一起买。"我摇头，口气有些生硬："为什么要过去？我没那么娇弱，不需要人照顾。"亦铭以为我心情不好便不说什么。身边的凌跃定定地看着我，气氛有些尴尬。

我们4个人安静地吃饭，偶尔交谈。广播站的女生又在播："一个匿名的同学点一首歌送给高三（12）班的林桐桐同学，希望她快乐。"我轻轻地微笑，从高一到高三，天天听到这一句祝福，可是那个人始终没有让我知道他是谁。这样被人默默地关心着，也是一种幸福呢。

吃完饭，亦铭把我约到了天台。他迎着风做出飞鸟的姿势，"桐桐，这样看着天空的感觉就好像我要飞起来了。"天空一片淡然，云朵如同棉花糖一样甜美。我学着他的姿势，"如果你飞走了，落嘉就没人照顾了。"他突然把手放了下来，一脸严肃地看我："我知道你们不喜欢她的娇气，但是不管怎样，我和落嘉从小一起长大，她是我的朋友，甚至我把她当妹妹。"

那么米诺呢？如果不是落嘉，米诺也不会离开！我看着亦铭眼睛里的坚定，最终没有说出这些话。

没有继续交谈，我小声地哼着歌。一直都不知道这首歌的名字，轻轻的旋律如同呓语一般，想起那时教我唱歌的米诺，还有她光芒闪烁的眼眸。她的声音很轻很柔，像是夏日里流淌的清泉，只是这种声音我现在只能从记忆里才能搜寻得到，因为那一夜之后，米诺不再是那个无忧的孩子了。我时常会梦见米诺那双哭泣的眼，她抱着我惶恐无措地问："怎么办？我要怎办？桐桐，你说我要怎么办？"想到这些，我抬头，眼光照得我有点儿睁不开眼睛。

我再低头的时候落嘉在楼下小声地喊亦铭，声音带着惶恐，像是担心我对他说什么。而我身边的亦铭却露出温柔的笑脸，我看着他，心里的难过无休止地蔓延着。亦铭，你在笑的时候一定不会想起远在太平洋彼岸的眼泪，因为你什么都不知道。

我们的二人行

"真不知道你怎么还睡得着，而且还是这么重要的数学课！这个老师的笔记很重要呢！"同桌把笔记放到我桌子上："抄抄总是好的。"

我接过本子，小声地道谢。以前听人说同桌傻傻的，其实她只是善良，单纯地善待身边的任何一个人。

落嘉把淡蓝色的信封交给我时，一脸愧疚。深蓝色清秀的字迹，是米诺的信。她写了很多很多的话，还是像以前一样用诙谐的话语生动地表达自己的所见所闻，偶尔也会大发感慨地写上充满哲理的句子。结尾还是一如既往的4个字，一切都好。她就是那么坚强的孩子，无论发生什么都不会让身边的人担心。

我告诉凌跃，米诺给我来信了，她说她在那里一切都好。凌跃点头，脸上的表情我无法揣测。我听见他小声地问道："一切都好是不是代表她真的过得好？"

校园广播响在每一个角落时，我正和凌跃吃饭，然后如约听到送给我的祝福。

"凌跃，每天能收到祝福让我觉得很满足。仿佛被遗忘的孩子其实还是被人惦记着的，那种感觉，让整颗心都变得温暖。"我笑着对凌跃说。

凌跃看看我，眉眼如画。"对那个送祝福给你的人来说，他只是单纯地希望你开心。"他说这话的表情意味深长，我没来得及看清楚，他就已经低下了头。

广播站是个温暖的地方，那里总是有各种各样的祝福，暖暖的声音可以换取许多人小小的感动。而对我来说，最期待的是每周三听到凌跃的声音。很奇怪这样一个冷淡的人，漫不经心的语气经过话筒竟然会让人感觉到沐浴阳光的暖。

我认识凌跃是在米诺之前。初中时凌跃便喜欢在周末约上我去博物馆，他看那些年代久远的青铜器或是石器时，目光灿如星芒。凌跃不知道，我对那些摆放在博物馆里的古老文物没有一点儿兴趣，我只是想要那么一点时间能陪在他身边。我的小小爱恋如同蝴蝶兰一样，在夜间悄悄绽放，继而被我隐藏。或者只有把这样的情感放在心里最柔软的地方，才能继续着我们的二人行。

隐藏的真相

阴霾的天气，连心情也变得烦躁，像往常一样看着天空却见不到阳光。

同桌幽幽地说："其实我们的生活和这天空是一样的吧，时常被遮住了阳光，不过这并不代表太阳不存在了！"

不经意听见落嘉愉快的笑声，或者是因为隐藏在心里那么久的愤怒需要一个释放的出口，我冲落嘉喊道："你不知道你很吵吗？你让我觉得厌恶。"

大家都吓了一跳，因为一向安静的我竟会喊出这样的话。我没有说"讨厌"而是"厌恶"，多么严重的一个词。落嘉的脸色变得尴尬继而不知所措，我不管不顾地甩下书冲出了教室。

天台的风猛烈地灌过来，如刀片一样割着我的脸。我以为时间能沉淀一些不愿触碰的记忆，可是客观存在的事实又怎么会消失呢？因为落嘉的疏忽，米诺却再也站不起来了！

那天，米诺和落嘉走在我们的前面打闹，然后落嘉佯装生气把米诺推开，谁都不会想到一辆疾驰而过的车瞬间埋葬了这一切美好的记忆！

我常会想起米诺拍着她的右腿哭泣，她问我："怎么办？怎么办……"

第二天米诺父母便去学校帮她办了休学，我们跟亦铭说米诺转学了，亦铭问我们米诺为什么走得这么突然，每个人都是一脸的心事。不是刻意隐瞒他，只是因为米诺说："我希望他记住那个爱唱爱跳，喜欢给他讲冷笑话、和他开玩笑的米诺，而不是现在这个坐在轮椅上哪儿也去不了的米诺。"

只有我知道，她是那么喜欢这个少年，只是想要在彼此生命里留下一个美好的回忆，因为从此也许再不会相见。

下午在教室见到落嘉，她像是哭过许久。她说："桐桐，你能和我聊一聊吗？"

我们到了天台，落嘉背着身子抹掉眼泪，然后才回头对我说："桐桐，你知道吗，米诺那件事情我真的不是故意的，我不知道会这样！"

我看她落泪，沉默不语，却始终冷着脸。一句"对不起"就让我亲爱的米诺从此失去站立的机会吗？她失去的不仅仅是一只脚，而是整个青春里最美好的年华！可是所有的责怪只变成简单的一句"都过去了"。是的，米诺对我说："都过去了。"

落嘉静静地看着我，眼泪一颗一颗落在地上。

我回到教室给米诺写信，握笔的手微微地疼。同桌用手握了握我的手："很快我们就可以解放了！"她以为我在担心高考，所以她能做的只是告诉我："一切会好起来的"。我对她笑，笑容里却充满无奈。

我放不下对落嘉的芥蒂。

116

原 谅

在教室看到落嘉，她看上去似乎没有什么反常，但是我知道她心里有了一个很大的缺口。偶尔我们眼神碰撞，我能清楚地看到她眼底的泪光。

那天放学，我拿卷子经过广播站的时候，看到低着头整理东西的凌跃。

"你帮我送祝福了吗？"凌跃没有抬头，看着播音的高一学弟。

"站长，为什么你每天都要点一首歌送给同一个人？"男孩一边翻着身边的一堆碟片好奇地问他。

"因为，收到的人会觉得幸福。"漫不经心的声音，却是说不出来的心事。

耳边响起熟悉的旋律，以前米诺教我的歌。歌里唱："原谅被你带走的永远/时钟就快要走到明天/痛会随着时间好一点/原谅把你带走的雨天/在渐渐模糊的窗前/每个人最后都要说再见/原谅被你带走的永远/微笑着容易过一天……"

我抱紧了胸前的卷子加紧了脚步，总觉得如果再待下去眼泪会落下来。

回到教室，同桌给我一封信并告诉我落嘉转学了。我望着她空荡荡的位置，其实逃避也是一种保护自己的方式吧。我拆开信，眼泪汹涌。

"桐桐，我一直在想，如果这个世界有后悔药就好了。让时间倒流，什么都没有发生，我们是不是还可以像以前一样生活？可是有些事一旦发生了，便什么都变了。

我想要忘记那个夜晚，可是我做不到，因为遗忘不了所以我选择逃避。我知道米诺一直没有怪过我，可是我想起她的时候是那样的内疚和难过。我告诉自己什么都没有发生，告诉自己像以前一样生活，哪怕是用这样欺骗自己的方式我也希望获得安心。

我怕亦铭知道那晚的事，因为他说，我们每个人都是他生命中不可缺少的人。很长的一段时间我总是在想，想我们5个人在一起的片段，想我们一起度过的时光，就像是做一场美梦，我不愿醒来。

我想努力忘记一些事情。我背负着我的过错，真的很累。希望时间会让很多事情沉淀。"

我的思绪一片混乱。歌里唱："每个人最后都要说再见/原谅被你带走的永远/微笑着容易过一天……"

突然明白米诺是抱着怎样的心情去原谅的。微笑着，容易过一天，不是没吗？

结局是开始

黑板上写着离高考还剩54天。

手心捧着今天的时间，背过去便又是另一天。我们在这样的时间里以为什么都没变，其实又什么都变了。米诺说，再怎样的改变，生活还是要继续的。

落嘉转学后，常常给亦铭来信，她说在那里没有想象中的孤单，生活充实不再有负担。每天忙碌于各科的考题，不再在空闲的时间胡思乱想。只是偶尔的时候，很想念我们，想念曾经5个人的时光。

学校对高三的教室做了调整，亦铭和凌跃的教室被换到对面一座搂，于是大家少了在一起的时间。亦铭依旧什么都不知道，很多事知道不如不知道。这样美好的年华中，总要有一个人的天空是一片湛蓝。

大家都忙于最后的冲刺，凌跃还是时常来找我一起吃饭。去食堂的路，他总是站在我的身边，安静地数着脚步听我说话。于是感觉身边有悠长的线牵挂着。这是我的幸福，尽管没有任何承诺。

米诺的信暂时间断了，她的最后一封信很简短：桐桐，答应我要快乐。6月过后，一切都会好起来的！你要相信我们一定会再见，我会一步一步走到你身边！

米诺说，一步一步——走到我身边。我多么期待是这样的！

于是开始很认真地听课，认真地做着笔记。同桌总会在我做不出题目的时候给我一个微笑，喊一声"加油"！然后细心地为我讲题。

就是这样的，仿佛从原来压抑喧闹的世界进入了另一个世界，平静而缓慢地前进。各自用剩余的时间为各自的未来勾画。

偶尔我还是会想念散落的朋友和那段快乐的时光，想起米诺曾经说过的话：你要知道有些事情像歌曲一样，终究会遗忘；你要知道有些人像电影一样，终究会散场。

青春散场。多么悲伤而又无奈的结局，可是我相信这不是属于我们的。因为散场的是青春，遗忘的却不会是彼此，而是那些蜷缩在心里的忧伤，总会在某个瞬间重来的。米诺又说过，散场是因为要为下一个开始做好准备！不是吗？

你并不懂得我的悲

苏萱仪

南方小城的12月，也是冷得要命。

楼上的小西腹痛，本来她妈妈以为她是痛经，也只是让她躺在床上。可是疼了一上午外加中午，看她那疼痛难忍的样子，她妈妈终于在下午时带她去医院了。看着小西腰弓得像虾米，在她妈妈搀扶下经过我家门前，我咬了咬嘴唇，没有说话，倒是站在一旁的妈妈发话了：

"有那么疼吗？别是装的吧！"她的眼睛轻蔑地扫了小西一眼后，就转身进了屋。

我的胃抽搐了一下，赶紧退到了房门里面，最后一眼看见了小西有些愤怒的脸。

我真的是不明白，我妈为什么总是那么爱嘲讽人。这样子别人听了心里有多难受，看样子小西是很疼的。妈妈一直是一个很强势的人，和爸爸吵架时，不管有理没理，都是爸爸让步。我妈最讨厌看见女人哭，她认为那就是女人的软弱，哭能解决什么？所以我妈从来都不喜欢看见我哭，我每次哭都不会当她的面。小的时候我还会和她吵，哭就是为了发泄，是对身体有好处的。现在我从不解释这些，没有人的时候，就是没有什么不开心的事，我也可以一个人认真地哭，有时候躺在床上突然就哭了。

我哭的时候想得最多的是我为什么要活着，但一直没找到答案。我妈培养我的目标就是要我奋发自强，勤劳独立，好好学习，天天向上……总之，你能在教室黑板的上方寻找到的字幅，都可以称之为我妈对我的要求。

但是很失败，我不但做不到那些，而且是和那些正好相反。我想我唯一做得到的就是成绩优秀。

现在胃是真的有些疼了，我拿起水杯倒了半杯水。水很烫，没有凉开水可以兑。我没有犹豫，走到水龙头前，往水杯里"哗哗"放了一些自来水。

我喝了一口，水温正正好，然后就大口大口地喝了起来。还剩下小半杯水，我把它倒了，我一直是个善良的好女孩，除了折磨自己，我不会去折磨别人。

"许诺因你给我过来！你看看你的桌子又脏又乱，天气这么潮，都快发霉了！"

我赶紧跑了过来去，抓起桌子上的一个面包袋和两个牛奶盒，飞快地投向门外的垃圾桶。晕，一个都没进，在妈妈骂我之前，我跑过去，捡起来后又扔进垃圾桶。上次小西从楼上阳台往下扔苹果核都不偏不倚地正中，可我每次扔都不行。

一直以来我除了全身上下的衣服干干净净，别的东西例如书桌，书橱啊，由于我的懒都很乱，但最近因为我在画画连衣服都没法干净。

我默默地捡起了书桌上的几本小说，塞进了书架，也不知道小西怎么样，反正那不会是痛经。趴在书桌上的我，又开始流眼泪。

我6岁的时候妈妈生了妹妹，从此以后我就再也没有和她拥抱过。一次看见小西午睡醒来，被她妈妈抱到阳台上晒太阳，我的眼睛就像进了沙子一样又酸又疼。12岁那年吃了不干净的东西得了胃肠炎，连续好些天吃什么都吐却天天被妈妈骂没用。从那以后我的消化就很不好，胃痛是常常的事。还有小学二年级时数学考了68分，被妈妈罚跪。其实那一次数学很难，小西考了72分，她妈妈却一个劲地安慰她。后来大家一起拉我起来，妈妈却怎么也不让。跪到膝盖瘀青时，幼小的我记住的不是失败的教训而是仇恨。

但我怎么能恨妈妈？

我常常为自己感到羞愧，也常常感到悲哀，对我好的时候怎么会没有？她只是太过强势，

而我偏偏太过软弱。

第二天是星期一，小西看上去还不错，昨天她疼成那样是因为急性胃肠炎，今天已经好多了。

"你妈妈怎么那样？我都快给气哭了。"小西不满地说。

我低下了头没有说话，我给气哭那更正常了，因为那是我妈啊。

第二天一早上课时，我的胃就疼得要命。和以往短暂的疼痛不一样，这

次的胃疼怎么也不见好转。今天有两堂连在一起的语文课，无聊至极。

"诺因你衣服穿少了吧？冬天到了也不多穿点！"语文老师站在讲台上一边上课一边对我说。

我笑了笑，那才怪哎！穿多少，穿成北极熊那样？多难看。再看看班上花枝招展的女孩子们才穿了几件衣服？

第三堂课结束时，疼痛稍有好转，我决定回家，结束我今天上午的课程。拿着从班主任那里开的请假条，我一个人走到了门卫室。面对着那个死板着脸，好像我欠了他10万块钱似的门卫，实在不太好受。

出来后，我呼啦啦一下子张开了手，还是校园外面好，空气不再沉闷，天空好像也更蓝。我站在路上招招手，一辆的士过来，我终于捂着肚子倒了进去。

"妈妈，我回来了。今天胃好疼，请假回来了！"

妈妈抬眼对我看一看说："怎么又胃疼了？"就离开了。

我愣了一下，没再说话。

不一会儿妈妈又回到了客厅，我还坐在那里。"妈妈，我胃疼就这样坐着吗？"

"那又怎么办？我又不是医生，不行你就趴床上去，别一会儿'胃疼'一会儿哪疼的，不就是肚子痛吗？谁都疼过。"妈妈气呼呼地对我喊。

我一下子拉开房门进了我的房间，没敢关门。

在家里无论做什么我都不关门，妈妈不允许，她需要时时刻刻知道我在做什么。我想我是没有隐私的。

我趴在床上，让自己的眼泪尽情地流啊流，心也一起跟着疼了。我想我这种自虐似的生活方式还是无法让我得到想要的关爱，只是在伤害我自己。

我爬下床，靠着墙角坐下。我难过的时候就这样，抱着膝盖坐在冰凉的地上，但我想这个时候不会有人看见我。我光着脚，低着头，心那么凉，那么凉。

"许诺因，你不出去了吗？"小西看着我。

"不了。"我嘴里吸着一杯凉了的奶茶，"肚子疼。"

"哦。"小西应该不知道我的奶茶是冷的，"那我出去了，你也真是，

121

怎么老是肚子疼。"

我没有说话，等小西出去后，我在作业本上撕了一张纸，写了几行字：

"小西，我请了假离开了。中午放学后去温馨找我一起回家，我不想现在回家，不要告诉我妈妈哦。"

"温馨"是我们回家途中要经过的一家小网吧，小西知道。

我和小西曾经跟着其他班的一个同学去过那里，但因为作为好学生的胆小，我和小西平时不怎么敢去，但是现在，我只想去那里。

我走到小西的座位边，将纸条放在了她的桌子上，用笔袋压住。然后就背起书包，有点犹豫地走进了老师的办公室。

"老师，我胃疼，想回家，可以吗？"我有点儿不敢看老师。

"听班里的同学说你经常胃疼，这就不太好了，你应该让你父母带你去医院看一看。"老师一边写请假条，一边对我说。

我再一次低下了头，看着老师手里的笔动啊动。

"谢谢老师！"我拿着请假条，对老师稍稍点了头。

我今天骑了脚踏车。将车放在网吧门口，小西应该能认出的。我推开了厚厚的玻璃门，咬着嘴唇对着凶神恶煞的老板娘，然后说："两个小时。"就往桌子上放了4元硬币。

"52号机。"老板娘继续发扬她的母夜叉模样，没好气地对我说。

我很不舒服地往里间走。真是奇怪，网吧的老板娘不热情招呼拉拢生意就算了，还这样一副凶巴巴的模样，偏偏还叫"温馨网吧"。好啦，总比回家好，我深吸一口气，又赶紧吐了出来。

网吧的里间就不太平了，一样和我差不多或大点的学生们粗话连篇，时不时可以看见几点火星，我打了个寒战，坐在了电脑前。

我开机后上博客，写日志，我不玩游戏。

"老师，我请假回家。""老师，我去办公室找班主任写请假条""老师……"

今天又是两堂语文课连在一起上，课堂上总是时不时地冒出这样几句话来，上午才上两堂课，小西就在课间跑到我的座位旁。

"小因，我想回家，你看这么多人都走了，下堂课就是语文课了。"小西对我说。

"那我也想走。"我摸了摸书本，准备装进书包里。

"那快点收拾啊，我也去收拾。"小西这几天感冒了，说回家应该比较合适，那我怎么办？我今天很好啊。

我犹犹豫豫地跟着小西往办公室走。

"你想好怎么说了吧？"进办公室前的那一秒小西问我。

"啊……没！"那怎么办？进都进来了，退出去怎么行？

"你们俩也要请假啊！"班主任的面前放着一叠纸，看来是准备给大家写假条的。"今天都走了十几人了。"

"老师，我感冒，现在还要去挂水，妈妈说好了的。"小西先说话了。

"哦，许诺因你今天又怎么了？"班主任开始动笔。

"我啊，我就是不舒服。"说起不舒服，我真的不舒服了，浑身好像都在抖，声音也颤颤的。

"你们俩写同一张假条好了。"班主任竟然没怀疑。

"你们班学生今天怎么了？请十几个了，是不是有人不想上课？"多嘴多舌的历史老师在一旁发话。

小西一把捏住请假条，走出了办公室。

"许诺因你怎么回事嘛！扯谎要扯像一点嘛！"小西应该也是很害怕。

"我不知道，我又没想好说什么。"

"我现在回家，你呢？"

"我想，我还是去网吧，你回家不能说我也请假了。"

"当然。"

再一次来到温馨网吧，找到了我的那一台机子，却突然看到我手边有两个我们班的男生，把我吓了好大的一跳，他们也是瞪大了眼睛看着我。

"你怎么也来这里？我开始还以为是老师叫你来找我们的。"一男生说。

"怎么可能？"我笑笑，坐了下来。

"胡小西呢？你们不是总在一起吗？"

"哦，她回家了。"

"我知道为什么，人家跟你不一样，是好孩子哦！"一男生笑。

我也笑笑，低下了头。

"小西，我不上今天下午的体育课和美术课了，你帮我请假可以吗？"我在上学的路上对小西说。

"嗯，你又要去网吧啊，要考试了哦。"

"没关系，我缺的这两堂课不影响的。"我和小西在下一个路口分开，进了网吧。一进来，竟然发现里面有不少我们班的同学在玩游戏。我赶紧交钱上机，他们都没看见我。"快走，快走，要上课了！"我只听见老板娘在催他们离开。"

这是我第一次逃课，和以前的请假不同，我也很害怕，就怕老师打电话去我家。我心惊胆战地上着网，心里并不好受。

两个小时后，我离开了网吧。

一月初的小城，冷得让我伤心伤肝，我抱紧了胳膊，我不知道自己现在是不是很傻。但我想我只是希望关爱，希望可以不要装得坚强，希望妈妈能够理解我的依赖，我根本不是靠她的冷漠就可以独立的啊！

晚上放学，小西先走了，我还要值日。中学本来放学就晚，天很早就黑了。看着马路边没有妈妈等待我的身影，我的心又酸酸的了，以前她会的，然后我摆摆头，许诺因你真傻，她不就是要你独立吗？这个难过什么啊。

回到家，看来妈妈并不知道我今天逃课了，甚至都没有问我怎么这么晚才回来。我有点挫败感，其实我多希望她能稍稍注意我一点儿。

晚上妈妈在和她的朋友通电话："小姑娘，小姑娘又哭了啊！是的，我家许诺因从来不哭，女孩子，女孩子怎么了。不就是要坚强，坚强起来就和男孩一样的，你家小孩晚自习要你接，我家诺因还不上晚自习哦，就是上也不用接的啊，不行的话打个的回来安全得很，小娅喜欢娃娃？下次来我家玩啊。我家诺因娃娃多得很，她从来不玩，都是人家送的……"

我很赌气地一把抱住了一个大狗狗，谁说我不玩？她从来都看不到罢了。我跳上床，抱着毛茸大狗狗躺倒，其实我每晚都是这样睡觉的。

我嘻嘻笑，又赶紧爬起来写作业。我是妈妈的支柱产业，拳头产品哦。

有了第一次的逃课，自然也会有第二次，第三次……这一次，我逃了一个下午。

我不会迷恋网络，但我要放纵，我喜欢这种感觉，就像我抱住爱心兔玩偶时轻声喊的那样："哈哈哈，我变坏了哦。"

我行走在冬日里寒冷的街头，我不知道是冻得发抖还是开心得的发抖。我当然知道自己在做什么，我心甘情愿。

但我终究是到了像世界末日来到的那一天。出成绩那天，第十七名，我有点惊慌，从上次的第二名到这一次的第十七名。我不怕成绩变差，我只是不知道，我该怎么对妈妈说呢？但真正令我惊慌的还在后头。

班主任留下了我，他对我说："许诺因，不用紧张。我知道原因，这学期你的身体状况明显很差，总是请假，特别是后半学期复习阶段。这次没考好，和这肯定是有联系的，我今天早上给你妈妈打了电话，让他们也不要怪你，只是要多关心你的身体。你今天脸色很苍白，成绩不要看得太重，现在快回家吧，下学期好好努力……"

我感到后背发凉，抿紧了嘴唇，点点头离开了。

我想我或许应该回家好好认错，把我心里想的都告诉他们吧。如果真的再继续这样，我又该怎么办呢。其实我现在真的不敢回家啊，请了那么多次假，班主任都没有打电话，就是现在，他还安慰我没关系。

我蹲在马路边，将头埋进怀里。

"你终于知道回来了吧？"妈妈一巴掌扇了过来，"我不怕你死了！你说，你们老师说你请了那么多次假是怎么回事？你请假去干什么了？我怎么一次也没有看到你人，你滚你现在就滚！"

妈妈一脚踹过来，这是她第一次这样打我，我一下子倒在了床上，"不，我知道错了，我以后真的不会……"她一把抓起了我放在床头的直发夹，对着我的脸刷了过来，"不！"我一边哭一边捂住了脸，我就是这样一个没骨气的女孩啊，每次挨打都会求饶都会哭，而我妈偏偏看我这样就打得更凶。

"我让你哭，我让你哭，不许哭！"我的直发夹一下子被砸到了地上，里面的石板给摔得粉碎，"你还去鬼混啊，还去！你这个不争气的东西！你走啊？"我的头被抓着撞向了墙，"不要！救命……"

我冲出了家，站在马路边一边哭，一边整理我的头发，路人匆匆行走，看我一眼后就立马离开。我想起了一年前，一个女孩打电话告诉我，她爸打她甚至还要割她耳朵，她捂着伤口求我帮帮她。我满口答应却被妈妈一口拒绝，将我锁在房间里，任由我的同学那样孤单无助地等待。

只是现在，我却连可以打给谁都不知道……

我来到了网吧，趴在电脑前，耳机里就听见王筝在那样唱啊唱，任由泪水模糊了双眼……

"我们都是好孩子/最最天真的孩子/相信爱/可以永远啊/我们都是好孩子/最善良的孩子……"

青春祭礼

皇 烬

2009年6月，我对冉说："累。"

2009年7月，冉背着旅行包对我说："你继续泅渡吧，老娘不念了。"

2009年8月，我一个人在烦躁与空虚中挣扎。

2009年9月，冉安静地走进校园，她想笑可是笑不出来，她看着我，良久："我回来了。"

我说："你瘦了。"

她说："累了。"

我确定她不是在回答我，只是单纯地告诉我她累了，所以回来了。我问哪里更累，她说："不知道，真的，不知道。"

2009年10月，我们企图适应这辆通往高考的列车。

可是2009年11月，我晕车了。我的同学给了我刚发下的月考成绩一个字的评语，"烂"。于是我在夜里两点钟起床，一个人穿过一条街走向网吧。在无数个泅渡于青春篇章里的少年指间缠绕的烟雾中，我面无表情地走进以前连看都不敢看的场所里，坦然坐下。

戴上耳机，整个世界都是我的。整个世界都被冰封，手指在键盘上无助地战栗着。头一次在班主任课上昏昏欲睡，头一次被班主任指责，却面不改色。

"堕落"，是整节课中我唯一听到的词语，于是笑出眼泪。

蜗牛只有一百多天生命，但它可以做自己想做的事情。所以说，我们连蜗牛都不如。冉在我笑得不成样子的时候递过来的一张纸条。纸条只是在草稿本上撕下的一块，再也不是从前张扬跋扈的非主流的信纸了。

"我说过，你逃不掉的。"

"什么？"

"命运。"

有人说，命运是掌握在自己手中的，你看，生命线不是在掌心吗。握起来就好。但是生命线还有一截是在外面的，你握不到。我回头，看不到冉。一摞书横在眼前冲我张狂地笑着，笑我的不自量力。书堆上冉忽起忽落的发丝兀自摇头叹息。我觉得闭上眼睛都需要花费很大力气。

夜晚很冷，我爬到冉的床上。

一个小时后，冉自言自语般："我睡不着怎么办。"我回答她："那就不睡了。"她黑色的发亮的瞳仁透过窗外洒进的霓虹灯光定定望着我："那，起来狂欢吧。"

我们花掉了一个星期的生活费在氤氲着奢华气息的KTV包间里，呐喊、疯笑、尖叫。我们唱很久以前的《童年》，唱《放生》，唱《死了都要爱》。

最后，我们唱《听妈妈的话》。一边唱一边笑一边哭。像两个一无所有的疯子一样。

黎明时分，找个日租房梳头刷牙洗脸抹乳液。然后笑容满面地走进学校。学校大门就像是鬼门关，只是不知道哪一边才是地狱。支撑不住睡着了，老师叫醒我们然后说："别太累了。"

别，太累了。

其实我们不累，我们只是不知道什么是累。

冉说："现在我可以自豪地说我去过的最远的地方不只是离家不过3小时的市中心了。"她像一只鱼一样伺机跃出水面，只是一瞬又重重沉了下去。她终于可以说我逃脱了水狱，见到了外面的世界。她的父母对她的足禁愈发紧了起来。她每晚跟在她的母亲后面，然后习惯性回头，用口型对我说："逃吧。"

我装作看不清，问她什么意思。她眼里的光慢慢泯灭，她说："没意思，真没意思。"

我问："你是说这生活吗？"她说："呵呵，都有，都有吧。"

其实我遗漏了好多事情。

譬如，冉的妥协。她说："我也想过饿死了也不要回来。"可是她只饿了3天就拨了那一串烂熟于心的号码。

　　譬如，我的妥协。堕落一夜然后埋头题海，记忆里再也不承认那一夜的存在。

　　譬如，我们的妥协。KTV里我们叫了两瓶写满洋文的啤酒。仰头灌进嘴里然后大口吐出来。最后将酒尽数倒在地上，看这些渗透着颓靡气味的液体在黑色地砖上蜿蜒成海。

　　冉一边倒一边说："祭奠我们的青春。"

　　她是笑着说的。

　　笑容完美无缺。

129

天亮了，说晚安

谨 黎

现在是凌晨。

我把冷气开得很大，抱着米拉双眼无神地望着天花板，心里空荡荡的。眼泪不知什么时候已经顺着眼角无声地流了下来，深深地吸了一口气，拿来纸巾把眼泪擦掉，顺手关掉了空调和台灯，继续望着天花板发呆。那些寂寞的，难过的，恐惧的感觉，在那一瞬间排山倒海地向我袭来，脱掉所有的伪装，我也只不过是个孩子罢了。

——1：25

130

一遍又一遍地翻着电话本，忘了自己已经翻过多少次了。虽然心里早就知道找不到一个人来听我倾诉，但始终还是抱着一点儿可笑的希望。心里有太多话了，多到有些只能用眼泪来发泄。我把短信写好，点了保存，然后在再三地犹豫下打了3个字"睡了吗"给关系还不错的几个朋友，等了很久，依旧没有听到熟悉的短信铃声。心一点一点地被黑夜吞噬，我自嘲地笑了笑，原来我在这个世界上活了这么久，却没有一个能陪我的人。指尖触及到了一个人名，其实一开始我是想发给他的，那个我暗恋两年而现在却以哥哥相称的男生。但始终没有发出去，他是学生会的，明天还有事要忙，就别吵他了吧。我按下清除键，把短信一个字一个字地删了，突然觉得鼻子有点儿酸。

打开收信箱，他的每条短信都在，温暖的，哄我的，安慰的，句句真实。每次只要看到他的短信心情就会莫名其妙地好起来。我闭上眼睛，心里默念着他的名字，让思念蔓延到心底的每一个角落。

我抱着米拉走到床脚边，坐了下来。将它的头抵在我的下巴下面，然后用力地抱紧它，仿佛只要这样我就能找到一些我一直想要的安全感。我想如果它是有生命的，一定会抱怨吧。呵。

——2：54

突然有点儿胃痛。我坐着没有动，只是一直痛着，让它告诉我，我还真实地活着。记得有人问过我这样一个问题，为什么人活着这么累？我当时一下回答不上来，结果便有人说，因为还不想死。觉得这个回答真好，在这个世界上没有人是真实地生活着，每个人都只是演戏的木偶，规定自己要用什么样的姿态什么样的表情去面对什么样的人。妈妈曾经和我说过，在怀我之前，家里因为经济条件不好打过一胎。我当时很悲观地想，如果那个小家伙出生了，或许就不会有我的存在了吧，这对于我来说是一件很好的事情。如果真是这样，我也不用熬夜努力只是为了一个能让别人称赞的分数；也不用低着头接受世俗的目光；也不必用最忧伤的姿态仰望天空，所有伤过的地方，自己擦药。其实人活着，都不轻松吧。

——3：28

131

天空灰得像舞台的幕布，远处的路灯闪烁着微弱的光，偶尔有几声蝉鸣。我抬起左手看了看表，时针指向4，分针指向1，原来现在已经这么晚了。重新打开了冷气，我盖着薄薄的被单，塞上黑色的耳机听音乐。MP3里的流行歌曲在前几天全被我换成了纯音乐，大多都是钢琴曲，听的时候内心如一潭水般平静，没有任何的涟漪。

当我听到那首曾经听过很多遍的卡农时，似乎有人在水里扔了一颗小石子，带着细小的波纹荡漾开去。脑海中又浮现出那几个人的样子，我们欢笑的，斗嘴的，打闹的日子，什么时候才能回来？或许友谊真的抵不过时间的冲刷，那些曾经说永远的人，现在早已疲倦于当时的誓言了。

谁和我一样，还记得我们的当初？

——4：11

不知不觉沉睡了两个小时了，醒来的时候摸摸额头，微微有些出汗。我扭亮台灯，看着柔和的灯光照亮整个房间。那个梦不知道做了多少回，每次醒来时心中都是恐慌。梦里一个穿着白色衣服的女子站在悬崖上，长长的头发随风飘扬。梦里只有她的侧脸，很忧伤，眼角似乎还带着泪珠。她站了一会儿，然后纵身往深不见底的悬崖下跳了下去，接着我便被惊醒了。我是个很少做梦的人，但每次的梦都很寂寞，梦中似乎永远都只是一个人。

——5：25

起身。

天有些灰蒙蒙的亮了，街道上的汽笛声多了起来，忙碌的一天又开始了。我站在窗前闭上眼睛，让风缓缓地拂过脸颊，那种感觉很美好，仿佛寻找到了我想要的宁静，祥和。轻轻地扯了扯嘴角，对自己说道："天亮了，说晚安。"

——6：01

无所谓　无所谓

Search

教　室

教室，喧闹。

我无力地趴在桌子上，看着桌上密密麻麻的涂鸦，有一种想作呕的感觉，尽管那是我写的。

忘了什么时候，学会了在桌子上涂鸦，学会了上课走神，学会了撒谎，学会了把自己变成坏小孩。

忽然有一种看破红尘的释怀，是我老了吗？

旁边的同学打打闹闹，满脸阳光。可是在我眼里，那些脸上都写满了虚伪、市侩和恶毒。也许，明天你就会被他们捧起，或者，遗弃。

眼里泪水开始弥漫，那句话又浮现在脑海里：

"××，我讨厌你！以为自己长得漂亮就到处犯贱！不要脸！"

"××"正是我的名字，而这句话就刻在我最好的朋友的桌子上。我承认我很小心眼，连标点符号都记得很清楚。

我用力地睁大眼睛，把那股浓烈的酸涩强咽了下去。

周　末

周末，空虚。

我玩弄着手机，想了想，还是把短信发了出去，上面只有3个字：很无聊！不久，她的电话号码出现在手机屏幕上。按了"接听"，那边的喧闹快把她的声音埋没了，我知道她的旁边还坐着其他人。她问有什么事吗，我多么想对她哭诉近日来压抑在心里的委屈。可是，正待我开口时，话筒那边传来了一个不耐烦的声音："无聊就无聊，还能有什么事？！"是她，我曾经最好的朋友，请记住是曾经。于是，我苦笑地摇摇头，说了句："没事，我挂了。"

我知道，如果我说自己多么多么委屈，必会惹来一句："哟，装什么装啊！真够恶心的！"

翻着郭敬明的《小时代》，一群俊男美女折腾得死去活来，看着简溪扭曲的人生，林萧扭曲的心灵，还是郭敬明一贯的手笔。我知道结局必是主角死了一大片，剩下的人也半死不活了。以前，我对此嗤之以鼻，可是现在，我觉得人生也就是这样一场狗血闹剧了。可笑，又可悲。

物理课

物理课，嘈杂。

台上的老师滔滔不绝地讲着声音的产生。当他讲到"声源"时，有同学冒出了一句："失声（失身）？"全班顿时哄堂大笑。我还没反应过来，说："什么失声？"脑子还在快速搜索着"失声"和"声源"有什么关系，为什么同学们要笑成这样？

估计是有人听到我的话了，那人扔过一句："连失身都不知道！"末了还翻了一个白眼。这句话如闪电般击中了我，我瞬间，呆掉。

过了好久，我才愤愤地说道："知道这个有什么了不起的！考试又不考这种东西。"

同桌反驳："这可是常识！"

常识吗？好吧，我就让你常识去！内心的怒火一下子燃烧了起来，我咬牙切齿："那也是下流社会的常识！"

同桌觉得气氛不对，随即乖乖地闭上了嘴。

结 尾

有时真觉得我就是个小丑，演了大量的戏码，只为了那稀落的一点儿掌声，别人的一点儿注意。呵，可笑的虚荣啊。

我开始对别人保持警惕，不再和她们深交。我承认心已经变硬了，我逼着自己坚强起来；我逼着自己离开对别人的依赖，因为我不需要别人所谓的"善意"；我逼着自己忙碌，没有时间去想那些世态炎凉；我逼着自己努力学习，我要离开这个城市，这个市侩、虚伪的小城。

这些人，这些事，伤得我太重，她们也许就等着我狗急跳墙的那一刻。我急过，恼过，怒过，哭过，但现在，无所谓了，也许是因为已经习惯了吧？

第五部分

手中沙

似乎是其中一方百折不移的热情效果甚佳，即使这热情来得完全不知所以，原本毫不相关的两个人，竟慢慢地变为相熟的朋友。细枝末节里呼啸的默契，一点点，变为年岁里微微值得相依的温暖。

——尔《如果时光可以回头》

从未出现的风景

海　绵

一

杨芷生说要分手。

二

连续几天了，杨芷生的手机打不通。我坐在床上，望着窗外的天空，蓝色千丝万缕地在天空中晕染开来，一尘不染。我想起杨芷生前几天发来的短信：我们分手吧。

哼，简简单单5个字，想打碎3年的回忆，怎么可能？我打过去，他先是挂断，然后就关机。于是，我去校门口拦他，但他总是躲着我。终于，在我数天的苦等后，他终于肯见我了。他搂着一个女生，招摇地穿过校园，走到我面前说："找我什么事？"我看着那女生，漂亮的短裙，细长的腿，精致的脸蛋，眉目间透着张扬。他俩的夺目让我有些恍惚。他的平静，她的张扬，突然间就刺穿我的气场，平静之下，波涛汹涌。我说："没事，好久不见了，来看看你，既然你有事，那我先走了。"说完我转身就走。我听见身后的女生娇滴滴地问："她谁呀？""哦，同学。"我有种想回头扇杨芷生一耳光的冲动，不过我忍了。

原来所有的爱情都敌不过时光，我想起书上一句类似的话："不管我们曾经怎样全心投入，好像抵不过遗忘。"

三

回到家妈妈问我去哪儿了，我强忍着说到去学家了，现在有些累，让她不要打扰我，然后回到房间锁上了门。

我用力地倒在床上，然后从口袋里摸出手机，一遍一遍地看收信箱里的短信，一共523条，每一条都是他发来的。有我感冒时的"明天天气会很冷的，你要多加衣服，本来就感冒了，不要弄得更严重，要按时吃药，晚上睡觉不要开窗户，会着凉，要照顾自己"，还有我和爸妈去上海，他发来的"你要玩得开心点，给我带礼物"，一直到最后一条，"我们分手吧"，每一条短信我都完整地存在手机里，可是现在，这些都没有意义了。我有些矫情地想：杨芷生，既然你决定了，我也不好再坚持了。

我跳下床，找出了一个大箱子，把所有关于杨芷生的东西统统收了起来：一条围巾，是天冷时他亲手帮我戴上的；一本郭敬明限量版的书，是他排队帮我买的；桌子上的情侣水杯，他黑色我白色；脚上的蓝色拖鞋，是我说好看他就买下来的；还有那个我天天夜晚抱的布偶……不知不觉中，我的生活已是满满充斥着他的影子了，他怎么可以那么轻易地忘记所有呢？

我坐在地上，看着那些东西，喉咙痛得要命，其实我每次哭的时候，喉咙都会拼命地疼。泪水一滴一滴地跌落在地板上，倒映出我的悲伤。杨芷生，我真是不想忘了你呀！我掰开手机，开始给杨芷生打电话，令我有些惊奇的是他接了。

电话那头杨芷生平静地说："你不要再那么任性了，好不好？"杨芷生，你可知道这句话落在我耳蜗里时有多沉重，我的大脑感应到这句话时有多绝望。这句话硬生生地阻断我所有幻想，眼泪发疯似的往外流，身体就像一座超过水位线的水库，所有悲伤、绝望通过眼泪从身体里缓缓地流出来。

不知沉默了多久，杨芷生挂了电话。

四

天渐渐暗下来，被我紧紧握在手里的手机发出微弱的蓝光，风吹起窗

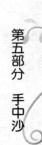

139

第五部分 手中沙

幰，珍珠色的月光撒进房间里。我从手机里翻出杨芷生的照片，照片上的他笑得很灿烂，心里面突然翻涌起巨大的海潮，吞没了我所有的思念。某人说过："这个世上根本就没有什么爱情能在万丈光芒的暴晒下依然鲜活水灵，那是爱，不是爱情。"

我把手机里所有的短信都清空了。在按"确认全部删除"的时候，我真是觉得自己的生活也在被清空，清空那3年的记忆，清空我所依赖的信仰，清空所有的杨芷生。然后，我躺在地板上，在黑暗中慢慢闭上眼。

——这将是最后一次梦见你了吧。

一度，我迷失在你的世界里，

找不到方向，

梦醒了，你不在我身边；

梦境里，你是笑靥如花的少年；

梦境外，你是从未出现的风景。

记得花田错

赵丹凤

一

8月未央，那是一个花开的季节。天空湛蓝，静谧，不动声色地注视着世间的一切，明媚的阳光一如你暖暖的笑，就这样，我和你遇见。

——薇薇的日记《微凉》

盛夏光年，梧桐叶幽绿。薇薇骑着单车穿越一大片人海，开学第一天，阳光很好，有风轻轻吹过，送来阵阵馥郁馨香。薇薇哼着不成调的曲子，在人群中自由游弋，裙角摇摆，微笑泛起。

转角处，赫然挂着一醒目的红色条幅：欢迎08级新生。"我是一名真正的高中生了。"薇薇想着，一种自豪感从心底油然而生，继而蔓延到身体的每个角落，踏进大门，前方豁然开朗。

一条笔直的大路延伸到不知名的远方，左右各小道分岔开来。而最令薇薇激动不已的是，大路两旁四季花开，千娇百媚，一朵朵绽放笑靥，舞动腰肢，争奇斗艳，好不热闹，俨然是一个鲜花的王国，香气惹人醉。薇薇伸出手忍不住想要摘一朵，"住手！"声音从她的背后传来，探过身，阳光下男孩的侧脸轮廓幻化成一张金色的面具。"剑眉星目"薇薇不知为何就想到了这个词，脸莫名的通红。就这样，两人第一次相遇。

二

你知道吗？自从我们认识后，每天晚上我都会去"花田错"溜达一圈。偶尔碰见有的女生像我一样盗花，我就会像你一样跑去制止。不为别的，只因这是你我邂逅的最初情景。

——薇薇的日记《微凉》

夏天的小尾巴调皮地冲我笑了笑，一个转身不见了，行走在这片花国里，薇薇抬起头，头顶上，一片斑驳秋意悠悠，与辰打了这么长时间的交道，他对自己始终关怀备至，体贴入微，一想起辰的可爱，辰的纵容，薇薇就忍不住偷偷地笑。

"嗨，又在傻笑什么呢？"辰从背后弹了一下她的头，走上前，一只手藏在身后。

"哎，我说你这人，怎么老爱从背后搞突袭呢，难道要吓死人不偿命？"薇薇揉了揉被辰弹痛的部位，装出一副嗔怪的语气呵斥。

142

"好好好，我道歉，这就当作赔礼喽。"辰从背后变戏法似的掏出一袋话梅，俊朗的脸上露出一排洁白的牙齿。

"这还差不多。"薇薇接过话梅，心底泛起一阵波澜。以前薇薇提起过，自己最喜欢话梅了，没想到辰会一直记得。

"他对我真好。"薇薇心想。

三

一光年有多远，我们的爱就会有多远。执子之手，与子偕老。我真希望生生世世可以与你不离不弃，随你到时间的天涯和荒野里。

——薇薇的日记《微凉》

年轻的人儿还是敌不过内心的澎湃，很快，两人开始交往了。有时薇薇会想，不知是一见钟情呢还是日久生情，反正，无论如何，两人在一起了，不是吗？

晚自习后，"花田错"就成了他们的约会地点，这个名字是薇薇想到的，因为有一次她对辰说："我在这么多盛开的花儿里遇见你真是一个错误，不如我们管它叫'花田错'吧。"辰皱了皱眉，心想怎么会是错误呢？不过薇薇喜欢就好，于是爽快地答应了，当然，他不知道女孩子总爱说反话的，就比如薇薇这句。

毕竟是高中生，再美的感情也不会被看好，关于两人的恋情被传得沸沸扬扬，甚至连校长大人也被惊动。于是两人被下了禁令：以后不许他们俩之间说话。这无疑是个晴天霹雳，一个晚上，薇薇在"花田错"里哭了很久很久。

四

有些事情，你永远不可能知道的，冬天来了，好想握着你的手取暖啊，但我知道，那只是一个梦，一个不切实际的幻想。

——薇薇的日记《微凉》

辰依旧我行我素，依旧疼爱着薇薇，但薇薇却不如从前那么黏辰了。她依然活泼，只是对辰却越来越冷淡，辰想破脑袋也不明白，难道薇薇被老师吓怕了？不可能，就凭老师那一句离谱的话，薇薇才不会放在心上的，他很懂她的，望着薇薇空落落的座位，辰走过去将一张纸条推在桌上——下自习后，"花田错"见。

月华如练，皎洁如一池清水。"花田错"中，一个人焦急地等待着，一分一秒，时间流逝，要等的人迟迟未到。难道薇薇没看到那张纸条？不行，再坚持一下。萧瑟的秋风猛灌进衣领，辰将上衣紧紧裹住。远远的一个人影靠近，"是薇薇吗？"辰兴奋地迎上去，不一会儿，脸上的表情僵住了。来"赴约"是薇薇的朋友小繁，小繁塞给他一封信说："薇薇写的，你回去吧，不要等她了。"

回宿舍后，辰迫不及待地翻开信，借着柔弱的光逐字看清："我说过，遇见你是一个错误，对不起，其实我从未喜欢过你，只是把你的宠爱当作依赖。我们分手吧，以后不要再来找我。""啪"，一滴滚烫的泪溅湿字迹。

五

我爱你，所以我选择离开，分开后可能对我们都是一种解脱。天冷了，注意爱护自己。我会记得，在我的生命中曾经来过一个"剑眉星目"的男孩，记得那份见证过你我幸福与欢笑的"花田错"，记得我曾那么深深地，深深地爱过你。

——薇薇的日记《微凉》

有些东西，尽管已经赤裸裸地摆在你的面前，但不一定就是真相，比如有一天，辰的家长来薇薇家，和薇薇妈妈谈了很长时间。薇薇是单亲家庭，从小就和母亲相依为命，所以当妈妈跪在地上求薇薇离开辰时，她含着泪点了点头。尽管不舍，尽管难过，但放手或许是问题最好的解决办法。

纪念那场绚丽

犇犇小蟹

更新了个性签名，已经是深夜了，我照了照镜子，嘴角微微上翘，明天应该会是个大晴天吧！我想。然后，关灯、睡觉。

我喜欢把喜怒哀乐，所感所想写在个性签名上，就像初中的时候，小北，我的文字里一直有你，不是吗？

一

说实话，小北，你现在的衣服有几件，是什么颜色的我已经不是很清楚了，可是你第一天给我当同桌的时候，那土土的样子我可是至今还记得哦。灰白色的上衣，看起来皱巴巴的，背的书包超难看。我怀疑，老师怎么会把刚转过来的你调给我做同桌呢？我当时应该是极不情愿的吧！

之后呢？我们开始慢慢地了解，我开始习惯你有些生硬的地方口音，我也会认真倾听你在原来学校的故事，你对我说你住的宿舍像猪窝，说你的数学老师很厉害，你的同学都很怕他，数学考不好就要挨打。所以，你转到这里，我们有缘做了同桌。后来你很老实很认真地说你来到这个班级对我的印象最好。我那天很高兴，在新同学面前留下个好印象是多么自豪的事啊！

那天，一定是掐疼你了，我记得你当时的表情，齐刷刷的白牙紧紧地咬在一起，眼睛紧闭，皱着眉头，脸上，却丝毫读不出愤怒。唉，都怪我，只是为了小小的虚荣，为了让朋友觉得同桌很听我的话，我掐了你的后背一下。事后，我问你为什么不还手，你低着头很认真地说男生不可以打女生，无论她做错了什么。这句话的确很有道理，那时候，觉得你是个很有内涵的好男生，这应该是对你最初的印象吧！听了那句我觉得很有内涵的话之后，我不再掐你，我觉得我再那样做就一点儿修养都没有了，有一天，我问你："你说，我最近有没有变啊？"我当然是希望你回答我"你最近不掐我了"。可你呢，小北，你打趣地说："变了吗？变得比以前更温柔了，对吗？哈……"听到这句话，心里一阵翻涌，当时脸的温度有多高已无从考证。只是，你知道吗？在一个14岁女孩儿的心里"温柔"这个词儿是如此的美好以致我从不敢奢求。是你不经意的一句话触碰到了我内心最最柔软的地方，从此，我以为你对我有了别样的情感而独自开始了爱恋。

二

之后的我，似乎是看你越来越顺眼了，是因为你学会了怎样搭配衣服最好看？还是学会了怎样无意间把你最认真的表情展现给我？这些，应该都不是。学全等三角形的时候，是夏天？还是秋天？这些，不记得了，只记得整个教室里有种叫作"数学"的有毒气体在蔓延。我被呛得不行，是你，认真细致地为我讲怎样证两个三角形全等；是你，告诉我能用"角角边"，不能用"边边角"。从此，我对"数学"产生了抗体；是你，用修正液涂你不假思索证出来的错误答案，然后再把修正液翻过来，用瓶底儿涂匀。可是亲爱的，我曾偷偷地看过那瓶修正液的瓶底，瓶底全部是修正液和圆珠油的混合物，这可是你独一无二的杰作，当然，别人都不这样认为，除了我。

喜欢你的事被添油加醋地传到了好远，你不再像之前一样，和我走得很近，快初三了，我们又被调开，是谁在捉弄我吗？让我不经意地喜欢上你却又让我们在风言风语中疏远彼此，你和别的女生闹，我会吃醋。从此，因为你，我影响到自己，而我们呢，也在无声无息中，变成了那种最最普通的朋友。留我独自在空荡的初三因为你即将到来的生日彻底不眠，因为你忘记我的生日而黯然神伤。这些，你都不知道，我也没怪过你，谁叫这一切的一切都是我自作多情呢？你给我写过一封我至今还留着的信。在信中你说初中这样不好，你说会影响学习，你还说你喜欢WY，还要我替你保密，你有没有想过我也会伤心，你怎么会是这种大大咧咧的个性，什么都不在乎，伤了人家的心竟不自知，遇上你，我算是栽到你手里了……

三

中考结束，我们没有考到同一所学校，新的学校是一个极其陌生的环境。我反而觉得轻松，没有那张总让我心跳加速的面孔，对我来说就是最好的解脱。不得不承认，我会偶尔的思念，时间长了，就释然了。

现在的我们，是很普通很普通的朋友，再开学我就是一名准高三的学生，你也是，而4年后的某一天，我才发现自己为什么不会和你走到一起，因为我的名字里有个"南"字，你的名字里有个"北"字，连方向都不同，还渴望能在一起多久吗？我不迷信，唯独这件事。好吧！小北，祝福你，既然无法齐头并进，那就各奔南北吧！

笔尖即将脱离纸面的时候，正值深夜0：22分，明天我还要奔波于辅导班之间，我习惯了忙碌，这样让我觉得充实，因为心中有梦想。未来的路，我会一直向南走的，或者说是一直向正确的方向走，18岁的我，不再幼稚，不再因尚未成熟的青果而误闯歧途，那样做有愧于梦想，更对不起青春！

如果时光可以回头

尔

从一开始已别无他路

刚转入T中的时候，是高中的最后一年。尹觅那时瘦得像一株刚刚移植到异土的小树。是升学率全市排名第一的理由，让她极不情愿地远离了早已熟悉的环境。

尹觅站在3班门口，记得半个小时前，爸爸领着她去教务处完成转学手续。教务主任扫到地址一栏，立刻抬头："幸福路？"尹觅条件反射似的警觉地回复："有什么不对？""没有，"教务主任回答，"没有。"她提高音量，"哦"了一声。

爸爸从不多言，此刻只默默填写单据。出发前亦只有一句话，好好念书。尹觅点点头，轻轻咬住嘴唇。是，已别无他路。唯此途尚有一丝微光或可点亮希望。

那天放学的时候几近入夜，重点中学的老师如同悭吝的主妇压榨水果般压榨时间。尹觅端坐，嘴唇因烦躁而干裂。

快下课，快下课。最后一班车15分钟之后将毫不留地驶远，出租车在尹觅的世界里是不存在的名词。就如同为了节省30块钱而步行40分钟，在这个教室里坐着的其他人，是永远不能被理解的事情一样。

老师那句不甘心的"下课——"还僵顿在空中，尹觅抓起书包已跑出教室几米的距离。

暮色将至。尹觅转了个弯，她偏离东边的大门，向校园南端跑去。

这里鲜有人光顾，野草于是得以肆意生长。尹觅扫视面前的那堵高墙，狠一狠心，扬手将书包抛过墙去。然后伸出双臂，准备攀上近墙的一株树，借力翻墙。

有一个缺口。尹觅的眼睛蓦地亮了亮。建筑质量并不十分过硬的围墙上，不知什么时候被人为地凿出了一个口子，刚好容一人通过。在半人高的野草的掩护下，像极了某个神秘宝藏的入口。

尹觅快乐地钻过缺口，几乎笑出了声——向先驱者致敬。

是不是所有的快乐都要付出代价

是不是所有的快乐都要付出代价？尹觅被班主任赶出教室罚站的时候这么想。

"别以为做了什么别人都不知道！你那天翻墙的时候正好有同学在马路对面看着呢！"老师的嘴角似乎有一丝笑意，事情如此凑巧，太值得嘲弄。

是，是目无校规样纪扰乱秩序没错。是你任教这些年来头一号顽劣学生没错。绕近路，翻围墙，全部都没错。只是当日那个口子，在抵达之前，早已存在。尹觅被赶出教室前反复申辩的全部内容都是，口子不是我凿的，我只是发现了它。班主任嗤地冷笑，"你倒是分得清轻重啊。"

走出教室的时候尹觅轻轻带上了门，心里有一种不知所起的漠然。从那一刻起，或是更早，已被深深打上烙印。在生活锯齿般拉扯的一日日里，她早已失去了挑衅或反抗的热情。

放学铃声响起，尹觅双腿早已麻木。她一步步回到那个叫幸福路的地方，家的所在。这世界名不副实的事物如恒河沙数，只是尹觅看着面前这一个，还是忍不住觉得讽刺。

污秽而嘈杂的街道上，每个人脸上的表情，似乎都与幸福无关。

这里是城市主干道之外的一抹斜枝；是躲藏在摩天大楼背后的低矮棚户区；是这个城市光洁皮肤上的一块疮，久不能愈。尹觅跳跃式前进，躲避错杂堆着的垃圾。低头拐了个弯，转入更为凄静昏暗的所在。

小巷子深且狭，两旁矗立着等待拆迁的旧楼，她望了一眼破旧的窗棂，猛地收住了脚步。路边废楼残破的玻璃窗中，倒映出少年模糊的脸。

尹觅疾速转头，问了一声："是谁？"墙角一抹蓝色转瞬即逝，像一只被惊起的孤鹜。

世界孤单得很需要同类

高三的教学楼被蓄意隔离为一座孤岛。5层的白色建筑物，四周隔着一小片广场，有几株夹竹桃兀自开得热烈。尹觅收回视线，望一眼讲台上激情四溢的老师，愈发觉得无趣起来。

手下的笔漫无目的地划过来划过去，最后总会归为一个蓝字。蓝，像是夜里最远最亮的那颗星辰，温和而刺目，烙于心底。

尹觅揉了揉眼睛，似是不堪重负。有一道光倏忽闪过，她本能地抬起了头。天花板因年月久远而略微显得灰黑，有一块不规则的小光斑，沿着日光灯排成的纹路，有节奏地跳动着，像是在循着某段乐章起舞，跳动在沉重的空气里。

尹觅愣了愣，扭头向光的源头望去。在四周坐姿端正眼睛直视前方的身影中，男生握着手机不断调整屏幕方向的动作，低微而生动。是静脉血管一样的蓝色，盘踞在他笔直而挺拔的颈上，回旋，打结，垂落。

像他身上的黑色校衫那样，永远干净得可以随时直接被拉到任何一个报告会上，做优秀学生范本的男生，此时的笑容顽皮得近乎诡秘。他并没有注意到在这间纪律严明，说者热情澎湃听者认真严肃的教室里，还有一个欣赏着他秘密表演的同类。

如冬夜新雪，无声般淹没。尹觅轻轻放下手中的笔。

叶之一。是那个在不远不近的空间里，走路，奔跑，说话，微笑的人。黑色校衫突兀地搭配一条蓝色针织围巾，竟有种诡异的妥帖。每学年毫无悬念的全优成绩，永远是老师在提出某个疑难问题造成冷场时，最万无一失的救场人选。最难得是他面目清朗，彬彬有礼。对，就是每一本狗血小说里都会出现的，男主角的不二人选。

尹觅心里有三分欢喜，四分疑惑，还有几分怅然。那条蓝色的围巾化为蓝色光束，于脑海中来来回回萦绕，但到底没有开口去问些什么。

或许是因为阳光太热烈，上帝被耀花了眼

还以为会这样一直互不相干下去，如果没有那天的体育课，尹觅怎么也料不到他们会有交集。或许是因为阳光太热烈，上帝被耀花了眼。

尹觅挑了块阳光充足的草地坐下，享受体育课独处的好时光。所有自发分组的项目，对打，混合，互评，自己是理所当然被排除在外的。来历不明而身份低微的打扰者，不被允许进入任何不容亵渎的领域。到后来，尹觅主动找了一个心脏不好的理由，申请免去此类活动。

"喂，你有没有兴趣加入我这一组？"是疑问句的句式，叶之一说出口，这句话就变得好像是在陈述一个再浅显不过的道理。尹觅眯了眯眼睛，"我心脏不好。"叶之一半俯着的身体挡住了阳光，投射在草地上形成团状阴影。这阴影顿了顿，然后迅速移开，"那好。"

事件愈演愈烈，是从这之后的早晨开始的。

尹觅走进教室的第一眼，就看到独属自己的那块角落里赫然多了一套桌椅，和趴在桌子上大摇大摆补眠的叶之一。

"喂！你干吗搬来这里！"尹觅怒气冲冲地质问在"我有远视"的蹩脚理由下形同被忽视。却怎么也问不出下一句，你到底想干吗？

叶之一自有一种与他温良形象失之千里的痞子气质。耳塞里的英语新闻听到一半，被理所当然地夺走与人共享，这样的事情再三发生之后，尹觅也只好被迫习惯。做值日时奋力踮起脚尖擦黑板，会有人不由分说接过黑板擦，抛来一句："长得矮就别向往高个儿才能做的事。"

似乎是其中一方百折不移的热情效果甚佳，即使这热情来得完全不知所以，原本毫不相关的两个人，竟慢慢地变为相熟的朋友。细枝末节里呼啸的默契，一点点，变为年岁里微微值得相依的温暖。

她用来保护自己的盔甲是这样脆弱

当日子以倒数计时的姿态持续消逝，尹觅觉得心脏薄膜日渐皲裂，每一丝微不足道的异动都足以使她惊悸。叶之一每每笑她，"看你那全身的毛竖的，都赶上刺猬了。"或许是不能输，所以分外在乎。而这些，又岂是天之骄子叶之一所能懂得的。

只有在肆虐的鼓点下，才可稍缓心中的不安与浮躁。矛盾得不可调和，反而趋于平静。尹觅逐渐养成了边听着重金属音乐，边恶狠狠地消灭各类习题的习惯。

尹觅崇尚默默忍受，不知道这也会触怒别人。班主任扯掉她的耳塞的时候，纸上的抛物线正画了一半。"In a darkened room——"暴风雨一样的歌唱戛然而止，她用来保护自己的盔甲是这样脆弱。

尹觅一把将耳塞自老师手中夺回，班主任惊怒交加，指着尹觅的脸，竟不能一言。

"拿开你的手。"事态在这一刻开始走向无可挽回的境地，女生轻轻说出这句话。老师停顿在半空的手，猛地扬起。

叶之一稳稳托住那只下落的手臂，再顺势推倒挡住前路的课桌。温热的掌心不由分说覆过来，尹觅像入了魔怔，倏忽之间已被拉出教室。

冬至过后，天黑得早。尹觅觉得自己在路边坐了并没有多久，转眼间，却已经星光满天了。身边的男生好似睡着了，一直默默无言。暗与淡的辰光悠悠，映在路灯上，像夏日的流萤。

"哎，为什么拉着我跑出来——"

"为什么把桌子推翻——"

"为什么不说话——"

男生依旧未给出任何回应。

"那天，为什么要跟踪我？"尹觅想起儿时父亲很晚仍未收工，蜷在床角小小的自己给自己念的那句"我不怕"。

"那个洞是我凿的。"叶之一并未转过身，仍侧对着她。"是我凿的那个洞，害你被赶出教室。我怕老师罚，怕事情闹到家里。我跟了你一路，总想跟你说对不起，到了最后也没敢说出口。"尹觅从来没听叶之一说过这么多的话。他坐在那里，头伏在撑起的双手中，像是在睡觉。只是他的心再清楚不过了。痛苦何其清楚。

像两只连日觅食无果的小兽，孤独相依

"我总觉得欠了你什么，想方设法接近你，也不知道是不是补偿。后来发现根本不需要我做什么，你远远比我坚强。看着瘦瘦小小闷不吭声的人，怎么就那么不知道怕？他们说你家里费尽心机把你送到这个学校来，说你妈早就跟人跑了，说你爸做的也是不三不四的生意，说你破烂寒酸——"叶之一突然支起身子，拼尽力气般扯开缠在脖子上的蓝色围巾，远远抛开。

肩膀以上，男生分明的喉结因激动而微微起伏。在围巾曾经盘踞的领域，几根依稀可见的手指印，于昏黄的灯光下如毒蛇吐信。

尹觅不敢相信。王子披着华衣，华衣之下怎会满是伤痕？事业成功的父亲未能逃脱有钱便思迁的套路，绝望的母亲将儿子当作最后一根稻草，因而患上轻微狂躁症。在一张成绩不尽如人意的试卷前，奋力掐住儿子的喉咙。

"我能做什么？压着她吃完药，又装得若无其事光鲜亮丽地出门，连哭都找不到一个人哭。我在那片草丛里，躺了一天。什么也不做，盯着那堵墙，盯得眼睛都疼了。突然就很想凿开它，凿出一条通往外面的路。"蓝色的围巾远远地蜷缩着，像一簇火焰，幽蓝地一晃。她轻轻伸出手，揽过他的头。叶之一的眼泪大颗大颗地砸下来，哧的一声，好像穿透了夹袄，凉凉地，漫过整个身体。

像两只连日觅食无果的小兽，在冬日飕飕拢上来的光色里，孤独相依。

老师领着家长找到这里的时候，看到的就是这番光景。

一个深红色的身影直扑过来。巴掌击中脸颊，啪，迟来的清脆撞击声。尖利的指甲划过皮肤，叶之一的脸庞立刻肿了起来。他却像根本不觉得疼一样，紧紧抓住转头欲扑向尹觅的母亲："妈，我们回家。"

平静得带一丝凄怆。

尹觅抬起头。星光均匀地洒在父亲的脸上、头上，他低着头，不说一句话。星光在他的身上泛起一种奇异的光芒，仿佛一夜白头。

Y&M。愿当一切再毁，此文犹存

尹觅自此再也没见过叶之一。她甚至已经做好了退学的准备，最后却只交了份检查了事。大概是平日里成绩还不错，又或者是因为事件中已经有一方选择了承担责任。叶之一迅速休学、办手续、出国，快得近乎是一场预谋已久的逃离。

她自此再也没有见过他。各人的命运来去，到了这里的时候打了个弯，又毫不留情地直线向前。留下的感受与余味，庞大或稀薄，各人不同。

最后一次来到T中，是高考之后取档案的那天。尹觅走进高三（3）班，教室里空空如也。从此之后，将再无牵系了吧。尹觅望着角落里并排靠着的两方课桌，只觉得凄凉无比。

她往3班的教室里最后望了一眼，转身走出教学楼，突然略微迟疑，向校园南端走去。

热风浮上来，正午的一切，都将融化在高温里。

她拨开长及膝盖的野草，轻轻向前走去。墙面老旧，稍一触碰，石灰便簌簌下落。有一块明显被修补过的痕迹，像被封印了的宝藏入口。

她似乎并未来得及长大，借力于近墙的一株树，完成从前搁浅了的那个动作。

灰褐色的墙顶有点儿窄，尹觅动作滑稽地坐着，晃动双脚。树叶摇动带来些微凉风，有一种中药似的清凉。她心里陡然升腾起一股不为人知的哀乐，低下头，手指无意识摩挲。蓦地，褐色墙顶上有什么，似发出亮光，照得人几欲泪流。

"Y&M。愿当一切再毁，此文犹存。"

是何时回到这里，深深镌下的字句，无声无息。如此深刻，在多年之后的今天，仍不淡褪。

6月的阳光劈头盖脸扑过来，尹觅孩子般坐在这面被人遗弃的墙上，脸上的妆容早花得一塌糊涂。泪和着汗，一颗一颗滴落，转瞬滂沱。

巴利里塔畔石上的铭文

那一年冬日长长的午后，男生若有所悟，他摇一摇身边的女生："你看，这些话多么美。"诗人叶芝于1917年初，买下了一座古代塔堡，名之为巴利里塔。他在巴利里塔畔石上镌下这样的铭文：

我，诗人威廉·巴特勒·叶芝

用老磨坊的木板和海青色的条石

还有郭而特铸造厂的铁材，

为我妻乔治重修此塔，

愿当一切再毁之后，

此文犹存

趴在桌上午憩的女生被无端吵醒后，愤懑无比："一个大男生叽叽歪歪看什么诗？你还可以再娘一点儿！"男生气结："你这只完全没有艺术细胞的草履虫！"似乎如此并不能解恨，女生嘟嘟囔囔换了个姿势："喂！是你把我吵醒了，现在罚你念诗来为我催眠……"

男生不太情愿又毫无办法地开了口，声音轻柔：

"我们同这匆忙的世界一起，

万众灵魂消逝于动摇与让步，

如苍凉的冬日里奔腾的流水，

明灭的星空一如泡沫，

仅存着孤独的面容。"

沙漏的爱

我和你。在一起一年零两个月。

我和你。吵架过，和好过，哭过，笑过，生气过，幸福过。那么多的"过"为你的转身离开铺上灰色地毯那样延伸向远远的地方，我到达不了的地方。就这样，我们，各自离开。

你，终究成了我的过客。

我，成了你的路人甲。

还记得吗？我、你、她相识在军训第一天。你让我如此惊讶，因为你使用强生爽身粉和宝宝金水。于是，那一天我惊呼："宝宝金水！"你把蚊帐拨开，带着笑容大声说："嗨！你要用吗？待会儿拿给你哦！防蚊子蛮有效的。"我笑着说："不是。我不是要用，只是惊讶。不过我试试看怎样吧……呵呵……"

还记得我们那天都穿短裤，教官限时让我们换军服，我们互相看着对方几秒，你说，我们直接套上军服裤子吧！我爽快地说好！结果两人都笑哈哈地穿上去了。虽然很热很别扭，不过有个人跟自己一样感觉好很多呢。

还记得吗？你、我、她，3个人轮流买可乐互请，每天训练后便去小卖部买，每次买了后留在深夜喝，因为我们三个人一拍即合，我们有很多小秘密分享。那时，3瓶可乐，3个影子。凑成你、我、她这个铁三角。每天晚上轮流拖地。然后躲过教官的检查后，3个人躺在地上喝可乐，聊着天。

还记得你在训练的时候老是和教官讨价还价，弄得其他教官都认识你了，知道了你的大名。不过人气虽高，可折磨你的机会也就多了。你老是喊"妈啊！我跑不动啦！""教官我告诉你！我不干啦！""啊！为什么又要我跑……为什么！""啊啊啊……我要死啦……"

还记得你在拉练那天唱的："洗呀洗呀洗澡澡，宝宝金水少不了，滴一滴呀，泡一泡，没有蚊子没虫咬，宝宝金水！"呵呵，如此可爱的歌声，虽然吓跑了前面二连的男生，加快了教官和同学们的新陈代谢——流汗。我还是要夸奖你的……我们一起唱《遗失的美好》和《手心的太阳》。

还记得《梦里花》是你那时的最爱。我唱《断了的弦》、《简单爱》、《七里香》，我们一唱一和，度过了那难熬的训练……

那时的我们，没有烦恼，那时的我们很快乐。那时的我们一直走着，唱着……然而，现在怎么却剩我一个人在唱了呢？

还记得吗？我喊你"亲爱的"。你喊我"小熊"——尾音拖得不是一般的波动起伏。我的外号是因为你一次误听，开始喊我小熊，我起初顶你嘴，你喊一句"小熊"，我喊一句"大熊"。你气得直跺脚。最后还是习惯了……

还记得吗？你、我、她一起踢毽子的时候，笑声源源不断……那时我们的天空是一尘不染的蓝。

还记得吗？你对我做那一连串鬼脸后我的表情。你捏捏我的脸，大笑着说："小熊不要这个表情，好奇怪！哈哈……"我告诉你说我想吐。随后我向右边的过道做呕吐状，说真的，我真的有点儿想吐。五味杂陈啊！不知道是我的承受能力太低，还是你的脸部表情实在是超人类。我叫ＨＪ看你再做一遍，看着你的背影还有ＨＪ看你的表情，再加上一阵乱叫，我不禁哈哈大笑！

还记得吗？你老把我当树。老是喊一句"树袋熊！""哇！我不要！啊——"相信当时我的惨叫声吓坏了不少人……10分钟后，我忍着脚的疼痛，唠叨着叫你减肥！"再严重声明，我不是树。"你的一系列动作要我命！你是大叫一声后，双手做拥抱状，小跑助力，然后，弹跳，抱在我身上。由于你的重力大于你对我的脖子的拉力，你滑落下来，你……踩在我脚上了。我不止一次被你这样踩。我那时总是纳闷自己怎么老是躲不了，而且悲剧一直发生在我身上！还好后来我熟能生巧，把你这只肥肥的树袋熊甩在身后一走了之。我听到一声惨叫声，不用回头看，用被你踩了N遍的脚指头想，也知道是又一个受害者被你残害了。我不禁幸灾乐祸，仰天长笑。

还记得你跟我搭车回老家的那天，你我刚上车，你把耳机一只塞进我

157

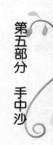

的左耳，接着你倒在我的左肩上呼呼大睡。我微微皱了皱眉，真怕你流口水哎！冬天的羽绒服很难洗的耶，我轻轻拿起手机，照下你在阳光下熟睡的脸。下车后我带你去吃小吃，我带你去富人家的别墅溜达，我们在草地上照了相，我们那段时间被别人说我们长得很像，我们互相抓狂，指出自己跟对方哪里不一样。

还记得高一第一学期结束后，放假回家的那天早上，我提着行李，你站在你宿舍门口喊我，叮嘱我要想你，我放下行李，抱了抱你，点点头，说我会的。接着我依依不舍地下了楼梯。在车上，我发信息说想你，要你假期愉快。过年的时候，你说好想我，想快点儿见到我。我说我初四就回去。呵，结果我们两个疯丫头在冷得打战的冬天，在步行街、女人街瞎逛。我们牵着手晃悠，比情侣还情侣。

还记得你我在同段时间有了喜欢的人。你跟我说他他他，我跟你说他他他。语文课上，老师说，写作文不要用ＡＢＣ套，要么写他、她，要么写假名。我们两个在下面叽叽喳喳地说："我们以后写作文要写他，他，他。哈哈！"

还记得吗？老师说大学什么都有。谈恋爱留到大学去，那时什么好对象都有。我偷偷跟你咬耳朵，说："亲爱的，林子大了，什么帅哥都有！"你笑了很久，花痴。

还记得你流着泪的脸。

还记得你擦拭过我的泪水。

还记得你爽朗夸张的笑声。

还记得你肥肥的小手。

还记得你身上专属的婴儿般的味道。

还记得你。

那一天，当我哭着说想你，当我泪水狂涌时，当我想抱紧你哭时，你淡淡地笑着，双手半推开了我。我那瞬间从脚冷到头顶。好冷，我的心像结冰了一样。忘记怎么跳动了。当你把我带到楼梯口说上课了赶快回去，我依然在哭。当我转身回头看你时，你的背影消失在转角处，我们再也回不去了吧？我怎么会以为转过头还会看到你呢？我怎么会以为还能看到那个站在宿舍门口喊我的你呢？我好傻。你说过"貌合神离"。我们终究分离了。离开有年少的你我的地方。

　　亲爱的，我想你。

　　亲爱的，对不起，谢谢你。

　　"因为你已是过客，因为我们一直以来的路都很曲折。"

　　你，过客。

　　我，路人。

　　我想要一个沙漏。

我们，陌路

放羊的小孩

其实很多时候都会想起你，还有那些已不复存在的回忆，终于明白，原来撕心裂肺地哭过之后，也可以没心没肺地笑。

2009年6月14日，中考结束

我们心里都明白，我和你不可能考上同一所高中。你笑着看着我哭，然后紧紧地抱着我，你说："晓你要记着，不管以后我们在哪儿，都不可以忘记彼此，你是我最好最好的朋友，永远都是，谁都无法取代！"

你说得信誓旦旦，我感动得一塌糊涂。

可是，谁也不知道永远到底有多远。

也许这只是你的一次不小心，所以我决定原谅你

2009年10月1日，难得的长假期，我们决定要一起聚一聚。

约好早上10点在KFC门口见，可到了11点你仍然没有来，我打电话给你也没人接。我有点儿急了，担心你是不是出意外了。10分钟后，你才拖着懒懒的步子走来。见到你很开心，甚至有些激动，我拉着你的手说："怎么这么晚才来，我还以为……"我的话还没说完，你的脸立刻拉了下来，对着我吼："不就是晚了点儿吗？不高兴你可以不要等啊。"说完转身离开了。

看着你离去的背影，我没有哭，只是流泪。

晚上你打电话来，你说你今天心情很不好，才会对我那么凶，保证不会有下一次了。

也许这只是你的一次不小心，好吧，我原谅你。

当你决绝离开，我还留在原地，等待着你回来

冷战了一个多月，2009年12月5日，你打电话给我，没有说话，只是一个劲地哭，我慌了手脚。这是你第一次在我面前哭，因为你说过，你要做我坚强的肩膀，随时借我靠。过了好一会儿，你才说话："晓我们月考了，结果很糟很糟，我不知道该怎么向我爸妈说，我想见你，你能来陪陪我吗？"听到你哭，我的心一下子软了下来，又有点儿窃喜，原来你还是需要我的。

那天之后，我以为我们会像以前一样好，可是我渐渐发现，你每次来找我都是在你没有人陪的时候。我终于明白，我不再是你身边那个不可替代的人，会想到我只是因为你寂寞了。

当你决绝离开，我还留在原地，等待着你回来。你终于转身，却只是朝我挥了挥手，尔后，走远。

一切都尘埃落定

161

2010年1月13日，我们之间最后一点维系也被你扯断。

那天收到你的短信，只有一个字："滚。"我问你什么意思。你说就是让我离你远点儿，以后再也不想见到我。我知道你又在拿我当出气筒了。

那一刻我的世界狠狠地黑了。

一再容忍你的任性，你的无理取闹，到最后换来的却是"滚"。以前的一切都只是你给的糖衣炮弹，现在糖衣脱褪，露出狰狞的弹药，将以前的一切炸得灰飞烟灭。

坚持了这么久，我终于放弃，向后转，踏步离开。

狂风过后，一切都将尘埃落定。

哦，我亲爱的人，不管前面的路多么曲折，夜多么黑，都要坚强地走下去，不要回头，因为我已离开。

花开一场，寂寞一季。我们，陌路。

雨落下来，陪着我们无奈

一落雨薰

英语课上，普通话不标准的老师正讲解着上次全军覆没的考试卷，突然问了一个略带脑筋急转弯又有点儿幼稚的问题："最新的事情是发生早的还是发生晚的？"尹竟然用手支着头认真地思考着，是早的，还是晚的呢？

前桌的未茹递来一张字条："你说我们班谁最帅？"似曾相识的问题，那个尹竟然永远也忘不掉的酸楚。

退后3年。"竟然，你说我们班哪个男生最帅？"课间操时路情用她那甜美的声音问道。尹竟然青涩的脸蛋上立即飞上了两片绯红的云朵，"薛谨吧。"那声音小得似乎只有自己能听到。"尹竟然，你喜欢薛谨？"路情突然很惊讶地大声叫出，然后慌乱地捂住嘴巴，意识到自己刚才的失口。但已经晚了。

"尹竟然喜欢薛谨？""啊，没想到尹竟然这么优秀的也会有喜欢的人？""切，优秀的也许只是表面吧？"杂乱的课间操，喧闹的教室，异样的目光，刺耳的议论，薛谨冷漠的背脊。尹竟然真恨不得有个地缝钻进去，脸窘得似乎被火在熏烤。那是小学里最漫长的时光。

"尹竟然，你来回答，最新的事情是早的还是晚的？"刚才的失神被老师抓到了。

"晚的。"

"好，那第七题选什么？You'd better keep sending the＿＿＿message to your parents? A.Late B.Later C.Latest D.Earliest"

"C？"

"好，坐下，上课不要想别的事。"

慌乱地将那纸条扔进书桌，脸红得似乎一碰即破。

被唤醒的忧伤，当再一次赤裸裸地摆在你面前，是否只是回忆的酸楚。

为什么单相思永远是逃不了的忧伤。

真的有些突兀。

紧张的数学课上，年轻的数学老师透过反着蓝光的眼镜片注视着下面的每个同学，"新老师一般很温柔"用在尹竟然班上就是个特大错误。在同学们忐忑不安，如坐针毡之时，班主任轻轻地敲了一下紧闭的教室门，然后，班主任和一个男生走了进来。女生们有些惊呼，因为是个很好看的男生。

清瘦苍白的面孔，忧郁的眼神，点漆的眸子。和他那么的像，尹竟然的心跳突然有失节奏。可以感受到周围传来嫉妒的目光，因为尹竟然的同桌生病了，一个星期都没来，班上只有这一个空位了。

"你先到那个位子去坐着吧，现在是数学课。"随着脚步的逼近，尹竟然脸红得和红烧牛肉一样，比刚才的数学课还紧张。

"请让一下！"苍白沙哑的声音，还有那清秀而忧郁的面孔，迷离的眼神，特写镜头，放大放大，停滞2秒后，"哦！"回过神的尹竟然站起来，那很好看的男生走了进去，坐在旁边。

"新来的同学叫薛谨是吧？好，你来回答这道题。"

薛谨……尹竟然大脑再次空白。

课间时，尹竟然和未茹捧着作业本返回教室。"喂，请把这个给你班的薛谨。"一个人挡在面前，然后瞬间离开。尹竟然看着手中的纸条有种说不出的感觉，薛谨和这不学无术的家伙有什么联系吗？

"你同桌的魅力太大了。"未茹嬉笑道。

"这是个男的啊！"

"这更说明他魅力之大啊！"

"呵呵。"

"哈哈。"

只是尹竟然不小心看到纸条中的一句刺眼的话："你死定了"。

放学后，人都走尽了，空寂的校园里有股阴森的感觉，虽然已是春天了，但寒气仍没有离开，尹竟然不由得打了个寒战。

开始不打算把纸条给他的，但又想瞒着他是不是不好，最后决定告诉他，再一起想办法。但看着他面无表情地接过纸条，尹竟然也只好保持沉默了。早知他会那样"冷静"就不告诉他了，尹竟然后悔地想着。

但，不对劲啊。怎么停车场到现在还一个人都没有，上面明明写的是停车场啊，难道那是个瞒着她的玩笑？"不好！"尹竟然像突然想到什么，然后以50米冲刺的速度向后操场跑去，记得未茹曾说过后操场那有个神秘的停车场。

远远地站着几个人，看不清面部表情，似乎在交谈什么，不像打架啊，也许真的是自己多想了吧。但纸条中的"你死定了"是什么意思？就在思考的瞬间，看见一个男生要离开，然而另外的几个人追上来，说了些什么，局面很僵，似有不明物在空气中爆炸。其中一个人将那刚才的男生推倒在地。尹竟然恨死自己的近视眼，还臭美坚决不戴眼镜，但从那深蓝色的斜肩背包可以知道那个被推倒在地的是薛谨。

那清瘦的薛谨，那外表冷漠内心脆弱的薛谨，她心爱的薛谨，正在被人殴打，她的心就像被无数的人在践踏，那种撕心扯肺的心痛不断地蔓延。"都怪你，尹竟然这下怎么办啊，事情根本就不像你所想象的那样啊。"尹竟然愤恨地骂着自己，强忍着泪水的滑落，该怎么办啊？

"你们不无聊啊，除了欺负别人你们还会点儿什么？"那几个小混混完全没想到还会有其他人出现，"关你屁事，不想死的滚。"其中一个人不屑地骂着。尹竟然目光扫过面前这几个小混混，小痞子，杂乱的头发像杂草一样长在头顶，甚至还有几棵已经"枯黄"，女的长长的刘海都遮住眼睛，原本甜美的脸上怎么都让人看着不舒服。路情？尹竟然有些惊讶，但是彼此的眼神中只有陌生，间距。"呵，想死的好像不是我，我可以告诉你们个秘密，我刚才来的时候，先去和主任打了个招呼，估计一会儿就来了，你们识相的还是快走吧，那就当什么也没发生，不然……"尹竟然满意地看着面前这些面孔从不屑到惊慌，面面相觑。"今天先放你们一把。"快要死了还死要面子。

"对不起！""谢谢！"重叠的对话，尹竟然有些想笑，但看到薛谨那面无表情的面孔，也只有静静地站着。

"你怎么还没回去，我送你。"不带表情的命令式发话，尹竟然心中有些小兴奋。"哦，不用了，我自己可以。"目光短暂地接触，然后都逃离开。

　　面临中考的初三，除了压抑、紧张的课堂学习，剩下的便是成堆的作业，但尹竟然想也许初三这年将是她永远的记忆，因为有薛谨。3年前，3年后，这之间虽然是个过渡，但仍没有改变什么，特别是他那如昙花般珍贵的笑容。

　　最近几天特别爱下雨，早晨还弥漫着薄雾，怎么到了放学竟下起雨来了。根据以往的经验早上有雾，那这天一定会是晴天，可……失策，失策。还有关键的是，尹竟然什么雨具都没带，而且昨天跟未茹吵嘴了，尹竟然环视了一下教室，大部分同学都走光了。

　　"你没带雨伞？"一直沉默收拾书包的薛谨看到一直东张西望的尹竟然，淡淡地问了一句。

　　"嗯，没想到今天会有雨，中午也没回家。"尹竟然这才意识到旁边的薛谨。

　　"你用吧。"仍然是那松散没有声调的语气，然后将一把淡灰色的雨伞放在尹竟然桌上，背起书包离开。

　　清瘦，帅气略带落寞的背脊，还有刚才那句"你用吧"，看着手中的伞，尹竟然的思维停滞了3秒。回过神，"啊，你用什么？"可惜他已走出教室。尹竟然拍打了一下自己的脑袋，最近怎么老是走神。

　　将作业匆忙装进书包，当跑下楼梯时，薛谨已经走了很远，小雨滴落在他的肩上，沾湿他的头发，模糊了他好看的脊背，似乎他与雨天生是结合体，完美得就像一幅极品的水墨画。又走神了。

　　会不会像《白娘子传奇》中那样，因为一把雨伞从而掀起一场爱恋？羞羞，尹竟然小心翼翼地撑起伞，脸被雨丝染成粉红色。

　　回到家里，急忙坐在书桌前，悄悄地打开电脑，双击"企鹅"图标，输入密码，登录，寻找某个人的头像，黑白，尹竟然轻笑，把头像弄个黑白色，不注意还以为不在线呢。

　　"谢谢你的伞，你没被淋到吧？"尹竟然虽然面对的是电脑，但心跳却不由得加快。

　　很久也没有回音，尹竟然心归于空寂。

"我家离校很近。"头像跳动起来，尹竟然心也加速跳动。

"哦，谢谢你！"

很久，"你认识林若竹吗？"很突兀的问题。

林若竹是尹竟然从小到大的好朋友，虽然是好朋友，但更像是双胞胎姐妹，小时候经常有人问，你俩是双胞胎？然后她们相视笑笑，都是那种内向的女孩，都是乖乖的孩子，都是善良的，都喜欢猫，也喜欢穿一样的衣服。只是，也许因为一个世界里不能有两个那么相似的人，所以糊涂的上天恶狠狠地夺去了林若竹小小的生命，剩下尹竟然孤独地看着天边，凝视着最纯洁的白云和夜晚那最璀璨的星星，流着眼泪，喊着"若竹"。

尹竟然有些惊讶："你认识她吗？"她小声地探问。

"你明天有空吗，我带你去一个地方。"

尹竟然看着屏幕上的那行黑色的字，是快乐，还是忧伤，是两者兼备吧。

"下午有空。"

"好，我在学校门口等你。"

中午吃完饭，尹竟然穿上一件白色的棉质的裙子就出门了，因为没说明几点，尹竟然不想让他久等，当然面对他也无法做到矜持。呆呆地在路上漫步，脑子却乱成一锅粥，他认识若竹？并且林若竹就是在那个春天的这个时候离开了她，还有他会带她去哪儿？

远远的那寂寞的背影，尹竟然加快步伐向前跑去。

"你来得这么早啊！"尹竟然看着他凝视自己的眼神有些尴尬。

"我家里近。哦，你胆子大吗？"

什么和什么？

"你相信鬼吗？"更让人摸不着头脑的问题。

"我只相信这世界上有灵魂，善良人的灵魂，因为……"尹竟然没有说完，内心便荡起一片忧伤。

招来一辆出租车，薛谨说了个什么地方，尹竟然没有听清楚。乖乖地上车，如果他将她拐卖了，是不是还会替他数钱。

尹竟然看着窗外风景的变化，由高楼驶向田野，这是去哪儿？疑惑却没有恐怖，因为薛谨她是最信任的，并且他怎么也不可能将自己给卖了吧？

天又下起雨来了，尹竟然从背包里拿出昨天借他的伞，差点忘了还，将伞递过去，薛谨没有接。

尹竟然这才环视了一下四周，空旷的田野，块块突起的泥土，和那冰冷的石碑，尹竟然明白了开始薛谨为什么问她胆大吗？哦，对了，今天是4月17号吧，正是若竹离开那天。尹竟然乖乖地跟在薛谨后面。虽然尹竟然是那么的怀念若竹，但只有埋葬时来过，以后就再也没来过，看着又多了的几座石碑，人生真的好脆弱啊。

当走到期待的那座石碑前时，看着照片上若竹灿烂的微笑，泪不由得流下来，手中的伞也不由得掉了下来。尹竟然静静地哭着，声音越来越大，薛谨静静地看着她，严肃的表情如同石碑般冰冷。

时间流逝。尹竟然哭得已经没有力气了，只剩下抽泣，那条乳白色的裙子，浸在地上的积水中，冰凉的大地传上来的寒冷，尹竟然全然不知。薛谨拿起遗落在地上的雨伞，打在尹竟然的头上，"回去吧。"尹竟然似乎在另外一个世界，毫无反应。停滞，薛谨轻轻地扶起尹竟然，弱小的身体现在没有一点儿力气，尹竟然茫然地看着他，对于面前的这个男孩她有着太多的疑问。

"回去吧。"欲言又止。

尹竟然试着回忆，他一定跟若竹很熟，但若竹从小是和自己一起长大的啊。

"姐姐，我们出去堆雪人吧。"一个小男孩，扑闪着大眼睛看着哭泣的小竟然，"我姐姐也去玩。"小竟然擦干眼泪，对着面前的小弟弟点了点头。

"你是……"

"你记起我来了？"一丝苦笑，却又夹杂着某些欣喜。

"你变化好大。"原来自己一直喜欢的男孩，竟是童年里一起玩耍过的小弟弟。自己最好的朋友若竹的亲弟。虽然是亲弟，但若竹的父母离婚了，两个孩子却只能相距两地。

"……我期中考试后，就要去南方了。希望你能多来看看若竹。"

"当然会的，这也是我的朋友，最亲最亲的朋友。"

"……"薛谨淡色的嘴唇轻轻动了一下，欲言又止。

"你还会回来？"

"不知道。"

"放心吧，我会照顾好若竹的。"让人信任的微笑，快要被泪水击倒了的微笑。

尹竟然然后低下了头，一行水珠又滑落下来，不知是雨水还是泪水，弥漫着淡淡的青涩。

雨，永远是忧伤的，从天空降落，蒸发成云，再降落。这样的循环总是给人短暂的欣喜，后面却是无限的忧伤与怀念。

远方，我们的远方呢

陌上阡绪

一

我不知道这样到底还算不算是暗恋。即使没有人说破，我喜欢远方这件事也早已成为公开的秘密。

其实喜欢远方的人并不少呢。我躲在这些女孩子中间，仿佛玫瑰丛中的一株野草。嗯，没错，起码我是这样想的。我没有拔尖的成绩，没有富贵的出身，没有漂亮的脸蛋，甚至连女孩子特有的娇小可人都没有，就像影子一样理所当然的存在而又不值一提。然而远方对我的特别的照顾让我有了小小的骄傲和欣慰，再或者，根本就是一场麻烦的开始。

二

我问远方："你为什么要叫远方啊？"他得意地一挑刘海，"你难道不觉得我的前途会无限广远吗？"我只顾伏在桌子上傻笑，阳光漾出一圈一圈的波纹洒在他清秀的面庞，看得我心乱，慌忙将头埋在成堆的课本当中，不再作声。他困惑地问："齐默你怎么了？"我摇摇头："放学了。"

我们就这样维持着暧昧不清的关系若无其事地拌嘴，一路欢笑一路隐忍的伤痛。

也许会痛的人只有我一个而已。我不确定远方对我到底是怎样的看法。更确切地说，是不敢相信甚至不敢去想，远方会愿意我守在他身边。丫头一手揽着我的腰一手不停地往嘴里塞着饼干，含糊不清地说："齐默你傻不傻，霸着这么好的条件你不好好利用，难道要等你的白马王子投向别人的怀抱？"我只是安静地笑，没有回应，心里的难过却翻江倒海一般。

什么叫作"我的白马王子"？远方他从来都没有属于过我啊，而且，以后也绝对不会的。他的身边应该有一个能好好待他的，优秀的女孩。我需要做的只是在他找到那个人之前乖乖陪伴他就够了。

三

国庆节的晚上。

电话尖锐的铃声刺破即将凝固的寂静。我从蒙眬的睡意中惊醒，屏幕上，远方的名字欢快地跳跃着。

"齐默，我在你家楼下。出来吧，外面的烟火很漂亮哦！"

"可是我……"

"给你30秒，否则我上去扛你下来。"

"哎……"

电话那端的忙音此刻竟然也充满着喜悦的味道。不知怎的，他看似不解人意的要求却扯出我无法言喻的幸福感。

四

墨蓝色的背景下，烟火一团团绽放，绚烂得有失真实。现在，我正坐在远方身边呢，只有我们两个人。这是不是所谓"近水楼台"？如果以住在同一社区来看。

我淡淡地微笑，小心翼翼地偷瞄远方，他忽闪的眼睛倒映着斑斓的色彩，心跳就乱了节拍。远方突然转过头来，我匆忙向一边侧过身去，险些从台阶上摔下去。他毫不同情地笑起来。

一对白眼丢过去。

"你还真是笨得离奇。"

"我要是摔下去会有人心疼的。"

莫名，听到这句话远方竟沉默起来，久久地盯着我，继而提高了声音问是谁啊，我拍拍他："我爸妈，算不？"他恶狠狠地回瞪我："算你个大头鬼！"我笑得天花乱坠，无意间的一瞥，看到远方意味深长的眼神，复杂的情绪涌上来。他望着深邃的夜空，好久，轻声说："其实，我也会心疼的。"

我故作镇定，却忘记了回答。气氛变得很微妙，谁也没有再接话，只有烟花一丛丛升上去炸开再一缕缕落下来熄灭。

五

我想我有些确定了远方的心意，然而一直生活在自卑中的我选择了继续渺小地生活着。

这年的冬天，下了一场大雪，整个城市都躺在洁白的色彩中。妈妈说，已经将近20年没有见过这么大的雪了。我连连应声，趴在窗台上，看路面被厚厚的积雪覆盖，可怜谁家的小狗在这雪中迈不开步子，不得不一蹦一跳地艰难前行。

吃早饭，然后收拾东西。

本以为在这样的节假日，我可以有充足的理由猫在家里偷懒，偏偏学校周年庆的策划书至今都未完成。一路颠簸，到江潮家。

江潮揉着蒙眬的睡眼，埋怨着："齐默，你来这么早做什么？不是有一整天的时间吗？"

"我可不想在这里陪你浪费我宝贵的休息时间啊江大少爷。"

他笑起来，慵懒地应着："是——"

有江潮在的日子里，永远都是忙碌的，我这样想。不明白，学生难做，好学生更难做，但我这样的中等生，竟然也如此不得安宁。天晓得老师到底是怎样想的，会让我来做这种工作，然后无奈地叹了口气，继续这恼人的计划。

在纯白色拥抱的9天里，我的生活，被学习、细碎的工作和江潮挤满。

六

晚自习后，照例应是远方送我回去的，可是，今天没有。

他在校门口，发短信息给谁。我站在他面前，但他没有抬头看我。

"今天……"

"今天……"

同时开口，又同时沉默。

还是远方先打破僵局："今天不送你了。我和别人约好的……"

"我知道。"

"那你……"

正不知道该怎么继续，江潮很合时宜地出现。我几步跑过去将他拖过来："有江潮送我，没关系。"那一刻，我瞥见江潮的错愕。继而很快被镇静取代。他连连点头说远方你不方便的话，我可以代你做一回护花使者。远方麻木地说了声谢谢，走开。

呆呆地望着他渐渐模糊的背影，好像有什么东西哽在喉咙，吐不出来。

远方，我看到了。

其实，我看到了，但不是故意的。

那条讯息是：某个喜欢了别人的白痴，我喜欢你。

是吗，原来那个女孩，你找到了啊……

七

远方的生日聚会办得很热闹。

人缘好不是坏事吧，我笑着，目光投向人群中央的他，突然就生出几分嫉妒来。他同身边的人吵吵闹闹，没有注意到站在这里的我。

丫头寸步不离地守在我身边，让我觉得很不自在。从一开始，她就是一副欲言又止的样子，犹豫了几番，终于在我的威逼利诱下小心翼翼地对我说："齐默，远方他有女朋友了。"

虽然早就做好了心理准备，可是真正听到这句话的时候，还是被触动了。但我还给丫头一个无比灿烂的笑容："嗯，很好。"然后看到她心疼的表情。

"齐默，你没有遗憾吗？"

江潮在问我这个问题的时候，视线始终没有离开不远处的两个人。

"有什么可遗憾的？其实，我已经知道，远方有喜欢的人了。那天在校门口，我有看到他写的信息。"

"那你有没有看到收信人是谁？"

"答案不是在这里吗？"

"你以为是她？那信息根本就没有发出去，其实……"

我猛然站起身来，在江潮诧异的目光中跑出了欢乐的人群。

为了什么？怎么，连我自己都不知道了，我害怕听到江潮接下来的话。在黑暗中的奔跑，我用一种恐惧驱逐另一种恐惧。不断问自己到底在做什么？然而我没有回头，任泪水同一颗拼命跳动的心一起狂奔，任呼喊声隐匿在身后的漫漫长路。

八

再次见到远方，是很久以后了。

我和远方都不是可以肆无忌惮地说出喜欢的人，于是以为就算彼此喜欢又怎样，只要对方了解就够了。

可是，我错了。

我忘记了没有盛大地宣扬并且承认的感情是脆弱的。在时光一点点流逝中，我们也仅仅是不断提心吊胆地猜测着对方的想法，却无法确定。于是总在怀疑，于是摇摆不定，于是渐渐放弃。

我目送着女孩牵着远方的手渐行渐远，笑着。丫头握着我微微颤抖的手，那样紧，说齐默你不要难过，这样见异思迁的男生不值得让你伤心。我说不是那样的，远方不是那样的，因为我们还太年轻呵，有那么多不能懂得的事情呢。

我知道，我都知道，在那一天远方回望我时心碎的眼神中。

对不起，远方，一切都是我的错。

"嗯，很漂亮，比我适合呢。"

泪如雨下。

九

我们还是会见面，即使仅仅客套地打打招呼。

我们还是会一起吃饭，即使他身边多了一个女孩。

我们还是会相伴出游，即使他的遮阳伞再也不会为我而撑。

就当作闹剧一场吧，我开了自己的玩笑。那么，就让它按照远方的想法演下去——

从头至尾完完全全是误会，我仅仅作为远方的朋友，最最普通的朋友，只是不小心被流言盯上的可怜的丫头，当王子找到了真正的归宿，谣言不攻自破。我想我再不能说出喜欢了，我希望他过得快乐，这便是我以曾经那样喜欢他的人的身份能为他做的最后一件事。

仅此而已。

第六部分

心头绪

秋来秋又去，没有开始与结束，冬天的雪又开始欢快地飘落，之后带来的却是寒冷，一直寒到心中。

噩梦终究会过去，我已把噩梦附此纸随之飘了，也带走了我积压心底的愁苦，借此纸带走我心中所有伤痛的记忆。

——王素素《让悲伤随风飘远》

让悲伤随风飘远

王素素

每当黎明灰白的曙色透过厚厚的窗帘渗到房间洒在脸上，我的心都会猛颤一下，随即会想到死亡。对于死亡我总是很敏感，即使很小甚至不算事的事，我都会把它与死亡相连。其实，并不是我怕死亡，而是讨厌。它带给了我太多的悲伤。

我是一个笨学生，老师这么说，父母也这么说，我很伤心。从我懂事开始，我就努力学会别的小朋友不会的东西，为的是别人能说一句："素素，真乖而不是真笨。"上一年级时我就学会了洗衣服，上二年级时我学会了做饭和很多家务，我渴望得到别人的称赞，渴望受到关注，渴望别人说我聪明而不是笨，渴望……这是我一直以来的愿望。我从不对别人说真言，我怕别人了解我。怕最后的"保护膜"也没有了。因此，我没有一个好朋友，就这样一直到小学毕业。终于有了属于我的"变革"，我决定要改变自己，不可以再把自己封闭在自己的世界里了，我要以最真诚的情感，邂逅幸福的时光，想说的就要说出来，不会再隐藏自己的感情。因为大伯的去世给了我太多无法弥补的遗憾，他是那么地疼我爱我，我连一句感激的话都没有，现在想说，但晚了，我只能对着星空一遍一遍地说着以前没能说出的话，希望大伯的在天之灵能够听见，知道您的侄女也爱您。

初中，我选择了寄宿，第一次知道了想家，有了想立马回家的冲动，浮在眼前的全是家美好而又温馨的画面，我的心在跳动，我要回家，是，我要立马回家，于是我没打一声招呼就回家了。当我大汗淋漓地回到家时，妈妈没问我怎么才星期二就回来了，而是说："大热的天，看你热的，快洗把脸。"我蹲下来就哭了，妈妈也没说什么，默默地打了一盆水，拿了块西瓜。我洗过脸，接过西瓜，回校了，一句话没说又回去了，但心里无比高兴，从未有过的高兴。才知道家的含义，家是最好的避风港，家是温馨的床，家是……千言万语只一句"我爱我家"。我懂得了珍惜，我也知道了什么才叫失去才知道珍惜。

上帝似乎总是爱和我开玩笑，每次都是那么让人心寒，这一次却让我失去了一个完整的家，因此我恨上帝，恨我为什么总是那么无知。

我上初三时的那个冬天，妈妈走了，带着我无限的愧疚与思念走了。那是一个下着大雪的晚上，妈妈踏雪而走，只留下一串串脚印，让我成了一个没有妈妈的"雪人"，哭了整整一天直到哭不出来了，妈妈也没有沿着脚步"回来"。我又一次伤心，难道我真的很笨，为什么总是到了失去才知道它的珍贵。一次次的打击让我变得脆弱了，尤其是妈妈的去世，更是让我心寒不已，让我所有的梦想都随之而去了，我不再奢求得到什么。

初中毕业，我选择了职业学校，我不想再为未来的美好而苦苦挣扎，我想要的只是简单的生活，属于我的美好生活。

秋来秋又去，没有开始与结束，冬天的雪又开始欢快地飘落，之后带来的却是寒冷，一直寒到心中。

噩梦终究会过去，我已把噩梦附此纸随之飘了，也带走了我积压心底的愁苦，借此纸带走我心中所有伤痛的记忆。

后来我总算学会了爱

冰 瓜

　　来到这个重点高中已经快3个月了，当初的新鲜感早就没了。忽然想起半年前初中班主任，那个被我诅咒了3年的人，早读时站在教室门口和我最喜欢的英语老师讨论着我们班部分同学比如×××学习习惯不好到了高中一定学不好，我想那里面一定有我。

　　学校里的人，一眼扫过去可以分为两种：城里的和农村的。在小小的G市，只有这一所重点高中，但上二本线人数是非常可观的，所有学生都往这里挤。农村的学生拼命地读书希望能考入一中；城里的学生天天在音乐与时尚中快乐着，等待着富裕的父母掏钱择校。而我呢，是从农村来的，小升初考了乡里的第一，因此父母满怀希望地把我送到市重点初中读书。刚开始我很努力，考了重点班的前10名。可后来却被城里的花花世界所迷惑，成绩一落千丈。我一直认为自己是有实力的，只是没有努力罢了，所以我总想着到考试前努力，可能真养成了习惯，很难改正。即使到了中考前夕，数学课还是听不进去，所以数学考了个C等。可我还是幸运的，学校扩招，我考了最低分数线，至少没有多花家里一分钱进了市一中。工作不稳定的父母早为我打了预防针，如果考不上他们绝对不会花钱给我择校，但如果考上了无论如何也不会让我辍学。

　　一个朋友没考上，她也是农村来的，所以家里让她外出打工。中考时很巧地我们在同一考场，要知道同班很难分到一个考场。我很努力地给她传答案，可她却在第二场考物理的时候发高烧病倒了，那半个多月小城都在下大雨。当我得知她去江苏打工时，哭了一晚上，因为像她那样了解我的人真的不多，甚至很少很少。另外一个朋友考得极差，可她父母都是城里的有钱人，所以花了择校费进了一中。

　　整个高一年级一千八百多人，有三分之一是择校的，所以父母还是较为欣慰的。2010年的夏天，母亲最开心了，她辛辛苦苦做了将近3年的小时工终于换来我那一张薄薄的录取通知书。我望着她疲惫的脸与捧着通知书的饱经风霜的手，躲进厕所大哭起来。

所有老师都强调高一很重要，我想一定要努力。一中内部的分班考试我考了年级五百多名，算是占了上游，而有部分5A考进来的人却考了九百多名，而我是1A。所以我得意了半个学期，也荒废了半个学期。等待我的是年级1500名和班上50名，我的心狠狠地震了一下。隔壁从农村中学来的女生"哼"了一声，我清楚地听到她说了一句："每次都是发试卷的时候难过，第二天还不一样，好意思不？"我微微侧过头，用眼角看她，骂道："死贱人！有种再进一名，考了第二你拽是吧？鬼晓得你哪个乡下来的？"她猛地怔住了，满脸通红，说不出话来。虽然我声音不大，但周围的人都听见了，几个女生鄙视地看了她一眼，偷偷地笑，大概是我第一次用脏话骂人，她吓到了，后来也不敢招惹我。

考试而来的难过也随风而去。

我依旧上课看小说听音乐用手机偷菜顺便鄙视一下旁边认真听讲附和老师的乡下同桌。

我以为我会一直这样下去，可是，事实并不这样。

学校在护城河对岸，一中的学生必须过桥去学校，最近大桥维修两个月，走读生不要求晚自习，而高三必须上。因为家里住的是与别人合租的房子，我连自己的房间都没有，所以母亲决定让我上晚自习，方便学习。

那天我依旧随着稀少的高三学生走那条用木板围住的又暗又窄的通道回家。不知过了多久才到桥头，我缩着头快速地走着。忽地，在一辆出租车旁，发现胖胖的父亲在寒风中不停地搓着双手，在人群中寻找着我。我心里又惊又喜，小跑过去，喊道："爸！你怎么来了？"父亲开心地笑了，说："你妈说快10点了，路上人少，又冷又不安全，所以让我来接你，冻着了吧？快上车。"我心里暖暖的，眼眶却湿湿的。上车后，父亲打开空调和音乐，熟练地发动了车子。我觉得心中充满了幸福感。

他忽然想起什么，说："我现在帮小叔开出租车，只开晚上，能多赚些钱，你上高中花销变大，你弟弟升了一年级也得花钱……"他转头看了看发怔的我，笑着说："放心，爸爸这么年轻，这不算什么，你好好读书就行。"我的眼泪终于掉下来，转头看着窗外黑暗中落寞的路灯，车旁偶尔闪过的车影与街道上稀少的路人，心里难过得说不出话来。到了家，父亲塞给我一袋面包，说："早点儿睡，我没那么快回来，别等我了。"说完又钻进车里，开向家的反方向……

打开书桌上的台灯，桌上有保温好的瘦肉粥。我关上门，呆呆地坐在书桌前，想着凌晨5点去开货车，晚上开出租车到深夜的父亲，和做小时工的母亲。突然觉得恨透了自己，打开书包准备写作业，却看见暑假硬逼父亲买的时尚手机，我狠狠地扇了自己一巴掌。那句话，应该改成：我永远不懂你劳累，就像白天不懂夜的黑。那夜，我直到12点多父亲轻轻开门后才睡着。

后来，我打了电话给远在江苏的朋友，说3年后我要考到江苏去，等我。朋友幸福地笑了，好啊，我们一起在江苏定居；后来，我不再与同桌对峙，我们开始互相督促，牵着手去食堂吃饭；后来，我们一家人经常一起去吃火锅，一起去散步；后来……

亲爱的兔子兄弟

薛　珂

一

2月28日，天气放晴。像是忘记了春天，莆田从冬末一个三级跳就到了春末夏初。兔子吵吵着他带来的厚外套都穿不上了，我说你省省吧，这样岂不是很好吗？兔子歪着脑袋想了一会儿，很文人又很神秘地说其实我爱那飘雪的浪漫的冬季。我极力忍住揍他的冲动，大大地翻了个白眼，心里却有点儿可怜这个从出生到现在从没见过下雪的小子。

兔子，生在莆田，17年来去过离家最远的地方是湄洲岛——莆田的一个县。

莆田，坐落于福建省东部，临海，气候温暖湿润。冬天从不下雪，这是兔子的爷爷说的。

可见这里有多少年没下雪了啊。兔子绝望地说，用勺子把陶瓷杯敲得铛铛响。

我懒得理他，喝了一口冷掉的咖啡，冰凉的感觉从舌尖一路延伸到阑尾。

窗外三三两两的初中生走过，洁白的校服，脸上写满了纯洁的美好。

我收回目光转头看向兔子说："是一个星期后就走了吗？"

"嗯，去奥斯陆读预科。"兔子说，"不过没关系啦。现在通讯科技这么发达，什么QQ啊，MSN和E-mail啦，照样随时联系。"

我伸手狠狠地拍了一下兔子的脑袋，他不满地叫了一声。我说："还能像这样随时拍你的头吗？"然后双手抱胸气鼓鼓地瞪着他。

兔子没说话，愣愣地看着桌面。

天渐渐黑了，巨大的落地玻璃上映出我和兔子的身影。我盯着玻璃上的兔子出神。

兔子把头深深地埋在胸前。

下巴上有青色的胡茬。

二

记得第一次见到兔子的时候也是在这家咖啡店。是初中升高中那个漫长暑假的最后一天，我约了一个自己默默喜欢了半年的女生，女生叫我去"米唐咖啡屋"找她，我费了老半天劲才找到了这么一个不起眼的地方。

我一坐下女生就死死地盯着我，那眼神，赤裸裸的，盯得我头昏脑涨支支吾吾说不出话来。女生好像明白了我要说什么，于是先发制人地说："你还是别说了，我不喜欢你，要喜欢也是喜欢那个人那样子的。"说完小手一指，我的目光追随而去便看到了15岁的兔子。

天知道我当时有多恨他。就因为那张无辜慵懒又俊美的小脸，我人生中的第一次告白一句话都还没说就这么吹了！天理何在啊！

当时我发誓要记住他，但这在后来就显得十分可笑了。因为莆田真是小，开学那天我在班级里又看见了那张令人抓狂的俊美的脸。于是我和兔子就像俗不可耐的小说情节写的那样成了恨不得用一只碗吃饭的好朋友——即使他抢去了从小到大一直在手中的第一名和班长一职。

班长，第一，如洪水般泛滥的微笑。这些足以使兔子在别人心目中成为神奇的存在。

只有我懂得兔子人性的阴暗面。

兔子裸睡，兔子自恋，兔子吃鸡蛋只吃蛋白。种种让人不能忍受的独特癖好和恶劣行径非止一端。最不可理喻的是他的话巨多！

"哎，文成，你为什么叫文成呢？上辈子是文成公主吗？"

"我发现物理老师的鼻毛又粗又长。"

"你猜伏地魔和奥特曼打架谁会赢？"

"下雪啊，下雪啊，快点下雪啊，我要看下雪。"

……

对于兔子这种行为我一般是置之不理的。因为他的思维跳跃幅度过大，上一句和下一句完全不搭边，我实在跟不上他的节奏。

只有两次我对他的碎碎念做出了反应。一次是上个学期。一次是大约一小时前。

上个学期，在这家咖啡屋，兔子郑重其事地对我说："对不起，我不能和你一起考厦大了。我要去北京。北方有雪。"

当时我充分理解兔子爱雪的心情，哼了一声表示同意。

大不了大学毕业后亲自去北京把他抓回福建来。

可一个小时前，兔子又郑重其事地对我说："对不起……"

兔子说他一星期后就去挪威读大学预科。

窗外鸟儿的聒噪声，车轮与柏油路面的摩擦声，各种高雅或市侩的声音搅成一团，却都在那一瞬间归于寂静。

最后咖啡店要打烊了我才站了起来，用手背擦去脸上的泪水然后捅了捅兔子说："哭什么哭，你还是男人吗？又不是要去参军打仗。"

兔子抬起头茫然地看着我，嘴角挂着一滴晶莹的口水。

没心没肺的兔子居然在我为他哭的时候睡着了！我觉得自己像是一个怨妇。

……

三

现在是3月7日上午10点28分，正在上物理课，我紧张地盯着手表的秒针——1分钟过去了……10点30分到了！我跳了起来冲出教室向操场跑去。

3天前兔子就不来学校了，但他说走之前会过来跟我道别。

我刚气喘吁吁地站在他面前就被他一把抱在了怀里。

"我快被你勒死了。"我说。

兔子松开我，红了眼圈哽咽着说："你不要想我。"

怎么可能不想你。但我只是说："再见。"然后转过身背对兔子任眼泪驰骋。

许久不见背后有动静，疑惑地转头却见兔子已经走远了。我清了清嗓子想冲他大吼"你个叛徒抛弃我"之类的话，最后只在喉咙里发出了咕噜噜的声音。

四

我刚刚看完兔子发过来的洋洋洒洒近3000个单词的全英文E-mail，感觉可以直接去考雅思了。

兔子说挪威的雪很大也很美，不过就是太冷了。兔子又说他终于知道自己为什么那么喜欢雪了——因为是出生在冬天。兔子还说他认识了一个眼睛像雪一样美丽的女孩，可惜她已经订婚了。（像雪一样的眼睛？那不是白内障吗？）

暗叹一句，你怎么一点儿都没变，话还是这么多，抬手揉了揉眼睛，敲击键盘写了两句话发给了兔子——

"死兔子，下回用汉字！还有，少说几句，你会死啊！"

然后我关了电脑，闭上眼睛轻轻哼唱起兔子最喜欢的歌。

等你回来，亲爱的兔子，兄弟。